HAPPY EVERYDAY

何必活得那么辛苦

蔡澜雅趣人生系列

蔡 澜 著

青岛出版社

图书在版编目（CIP）数据

何必活得那么辛苦/蔡澜著.－－青岛：青岛出版社、
2019.6
（蔡澜雅趣人生）
ISBN 978-7-5552-8182-5

Ⅰ.①何… Ⅱ.①蔡… Ⅲ.①散文集－中国－当代
Ⅳ.①I267

中国版本图书馆 CIP 数据核字 (2019) 第 068866 号

书　　名	何必活得那么辛苦
著　　者	蔡　澜
出版发行	青岛出版社
社　　址	青岛市海尔路 182 号（266061）
本社网址	http://www.qdpub.com
邮购电话	13335059110　0532-68068026
选题策划	贺　林
责任编辑	贺　林　贾华杰
特约编辑	刘　茜　陈　堃
插　　画	苏美璐
装帧设计	书心瞬意　任珊珊
制　　版	青岛乐喜力科技发展有限公司
印　　刷	北京德富泰印务有限公司
出版日期	2019年7月第1版　2019年7月第1次印刷
开　　本	32开（890mm×1240mm）
印　　张	9
字　　数	280千
书　　号	ISBN 978-7-5552-8182-5
定　　价	59.00元

编校印装质量、盗版监督服务电话：4006532017　0532-68068638
建议陈列类别：文学随笔　时尚生活

目 录

我决定活得有趣

谈光影，赏音乐，论文字

外面的世界

何日君再来

笑看生老病死

蔡澜 Q&A

我决定活得有趣

「手杖的收藏（一）」

　　向往十八、十九世纪的绅士拿着手杖的日子，那时候的人已不提剑，用手杖当时尚，做出种种不同的道具。这是优雅的生活方式。

　　手杖（walking stick），中国人常称之"拐杖"，要身体残缺时才用。这和我想象的差个十万八千里，故从不喜"拐杖"这个字眼。"龙杖"倒可以接受的，像寿星公或龙太君用的那根，《魔戒》中甘道夫的也很好看，但都不是我要谈的。

寻求

自从倪匡兄因为过胖，行动要靠手杖支撑，我就每到一处，都想找一支来送他。走遍古董店，不断地寻求。他用的，怎可以是那种廉价的伸缩型手杖呢？

最初在东京帝国酒店的精品部看到一根，杖身用漆涂着，玫瑰淌血般的鲜红，表面光滑，美不胜收。爱不释手，即刻买下。

送给他之后，他也喜欢得不得了，但是少用，是因为怕弄坏了或丢了，所以我得不断地寻求。终于有一天，在北京的琉璃厂看到一根花椒木的。中国人做手杖自古以来都用花椒木，说摩擦了对身体好；而我买下，是因为看到它的形状。

这根花椒木枝干四处发展，开叉处刚好托手，做成的手杖杖头有角，像梅花鹿，真是有形有款。拿着它，从古董店走出来，乘人力车经过的洋汉看到，跷起拇指，大叫："Wow! Cool man, cool!"①

① 这句英文的意思是"哇！型男，酷"。

从此，引发起我收藏手杖的兴趣，尤其是我自己也要用上。在做白内障手术前，我有一只眼睛看不清楚，感觉不到阶梯，像把3D看成了2D，是平面的，走路得靠手杖，大叫过瘾，终于可以一天换一支来用了！

手杖的分类

发掘手杖，先从分类开始。有城市用的和乡村用的，前者又可分两类：Crooks（曲柄杖），是把弯柄手杖，像雨伞那种；杖头前短后长，接连到其杖身的叫derby（德比），让人带到赛马场去。乡村用的多数手把呈圆形或分权，种类多得不得了。

Derby 手杖的手柄，银制的居多，做成种种动物的形状，有鱼、鸭、狗、狐狸或狮子这些动物形象的纯银的头，看银子的重量，有些卖得极贵。

当然也有一拉开就变成一张小椅，杖尖可以插在草地上的手杖，那有特别的用处，不值得收藏，还是带有趣味性的好。一谈起趣味性，当然想到杖里藏剑的。我买过一支，剑锋呈三角形，一拔出来冷光四射，奈何不能拿上飞机。

有趣的还有扭开杖头，就是一根清除烟斗的器具的；还有一根是开瓶器，另外可以掏出五粒骰子来玩。神探Poirot（波罗）用的那把，手柄可当望远镜，上网一查就能买到复制品。我买的那支杖身挖空了，可以放进三四个吸管形的玻璃瓶，一个装白兰地，一个装威士忌，另一个装伏特加。

最好的手杖店

到哪里去买手杖呢？世上最好的手杖店应该是伦敦的New Oxford st（新牛津街）五十三号的James Smith & Sons（詹姆士·史密斯伞店）了，它从一八三○年开始营业，卖的是雨伞，当然也附带生产手杖，最为齐全，也负责替客人保养一世。

我的手杖

当今我常用的手杖，好几支都是一位网上好友送的。她知道我喜欢，从欧洲替我寄来。有一支是用黄花梨木做的，杖身很细，但坚硬无比，杖头用鹿角雕出，和黄花梨的接口联结得天衣无缝，非常之优雅。

另一支杖头呈圆形，是用银打的，花纹极有品位；杖身的木头用snake wood（蛇木），是极罕见的木头，多产于中美洲和南美洲，特征是分枝对称地长出，做出来的手杖有凸出来的粗粒，坚硬无比，又不很重。

最近寄来的那根，用包薄皮的长方形木箱装着，打开一看，手杖是用非洲的Makassar（望加锡）黑紫檀做的，杖头纯金打造，有六十二点八克重，刻有法国贵族的家纹，是一九二五年由当时的巴黎名家Gustave Keller（古斯塔夫・凯勒）设计的。

　　但并非每一支手杖都是名贵的。在雅典的古董铺中随便捡到一支样子最普通的弯柄手杖，长度刚好，就用二十欧元买下，陪我走遍欧洲大陆，不见了又找回来，很有缘分。同行的朋友都在打赌这手杖是用什么东西做的，有的说是藤，有的说是橄榄的树枝，争辩不休，说回中国香港后找植物学家证实一下，至今尚未分晓。

　　值得一提的是，游俄罗斯时适逢冬天，我有先见之明，在大阪的大丸百货买到一个铁打的道具，它像捕兽器一样可以咬住杖身，下面有尖齿，这样在雪地上行走也不会滑倒。

　　上次去首尔，找到一位当地著名的铜匠，我极喜他的作品，杯杯碗碗都是铜制的，用铜匙敲打一下，响脆声绵绵不绝。我介绍了许多团友光顾他的生意。出于感激，他问能为我做些什么。我当然要求他用铜替我做根手杖，不过他回答铜太重，还是不适宜，即刻跑去找他做木匠的朋友替我特制了一把。用的是白桦木，已经削皮磨白，中间那段还留着原木痕迹；手把做成一只鸭头，有两只眼睛，甚是可爱。

　　最后一根手杖还没到手。刚从北海道的阿寒湖回来，那里有一位我最喜欢的木刻家，叫泷口政满，他的作品布满"鹤雅"集团的各家高级旅馆。我也买过他刻的一只猫头鹰，也曾经写过一篇关于他的叫《木人》的文章。这次又见面了，他高兴得很，又问能为我做什么。我当然又回答要手杖了，请他把杖头设计成他刻过的"风与马"中那少女飘起了长发的样子。他答应了。下个农历新年我还会带团去阿寒湖，到时就能得到一根独一无二的手杖了。

「手杖的收藏（二）」

北海道——泷口政满

去年又去了一趟北海道阿寒湖，继续我的手杖收藏之旅。第一件事当然是先去拜访木刻家泷口政满。他来到店后，找出我订购的手杖。

一看，有点失望，并不是我想要的。

"怎么不是长发少女的造型呢？"我问。

"没木头呀。"他在纸上写着。

泷口是一位有语言障碍的艺术家，我们的沟通方式是书写。他接着写："你知道我雕刻作品，从来不肯伐木，用的都是湖上漂来的朽木，今年没有木头漂过来。"

"这一根是樱花木吧？"我问。

他点头："是我家后院种的樱花树，因枝头积了大雪，折断了，拿来替你做手杖，刚好。"

樱桃树分两种，一种只是观赏花朵，另一种可以长出樱桃。长花的树，枝干光滑，有一点一点的横斑，外表像长着一层油，深棕色中发出亮光。

仔细一看，在弯折处，泷口替我雕刻了一个少女的面容，微笑着。如果用它来打人，凹进去的伤痕还有一个人脸呢，愈看愈是喜欢。

鞠躬道谢，即刻使用。拿在手上，看到的人都问是否是樱花木，还看出头像，惊叹出来。这根手杖之后一直陪伴着我，变成我最爱用的手杖之一。

当然，我不会放弃泷口的其他作品的，不停地打电话去问什么时候才有，他答应如果有合适的木料会通知我。

东京——Takagen

飞回东京之后，第一件事就是去银座，找到了手杖专门店，叫"Takagen"（高桥商店）。

　　每一个大都市都有一间古老的手杖店，伦敦有 James Smith & Sons，东京有 Takagen。

　　Takagen 在明治十五年（一八八二年）设立，最初是经营刀剑的，"废刀令"施行之后改为卖手杖和洋伞。明治初期，日本人受外国影响极深，绅士们都学英国人拿手杖当饰物。像中国古代的文人相遇时拿出扇子来互相比较，当年日本绅士是欣赏对方的手杖，流行一时。

Takagen

◉ 地址：东京千代田区丸之内 3-1-1

📞 电话：+81-3-6212-0202

　　店中商品令人眼花缭乱，我竟然选不出自己喜欢的。有一支颇古朴，造型并不突出，但一见就喜欢。想起我给倪匡兄那支花椒木的，形状虽美，可是脆弱，就即刻买下这支送他。

　　到底是这位老兄见闻广阔，一看就知这是根叫"赤藜"的木头，提起轻巧，但极为坚硬。几千年前的商朝已有文字记载，说用此木做杖，是为上品，比用花椒木还早。

　　手杖的收藏，最初以外形为主，渐渐地，便进入欣赏木头的阶段。我一次又一次地造访 Takagen 这家店铺，从外形买起，至今进入木质阶段。这次又去买了一根不起

眼的，黑漆漆，但卖得很贵，原来是金丝楠木，店家说这
是上百年的木头了。

有次我拿了那根蛇木的手杖上门，说杖上还留下了对
称的横枝模样。店里的人说这是后来故意刻上去的，我有
点不信。哪知他笑嘻嘻，请我到后面的工场去，从架子上
拿下一条木头，直径有二英寸①之大，说所有用蛇木做的
手杖，都从这种大木头削起，到最后才磨成又细又长的手
杖来。

"那么定制一根要多少钱呢？"我问。

"三百五十万日元。"对方回答。

怎么看出是蛇木呢？它有独特的花纹，有的还现出一
个个罗马字母"P"，所以英文名中有"字母木"的别称。

另外看到一根，把手柄扭下来，再转开盖子，就是一
根烟斗，也买了下来。天气已冷，可以开始抽烟斗了。近
来香烟已不碰，只抽雪茄，偶尔转抽烟斗，亦是乐事。

Takagen 的玻璃橱窗中，摆着一根镇店之宝，它有
个银制手柄，是一只鸽子的造型。店里的人说许多日本文
化，都是从中国传来的，他用的 itadaki 这个字眼，是"赐"
的意思，表示很尊敬中国文化传统。

中国周朝有"优老赐杖"之理：五十岁是家里人送，

我决定活得有趣

六十岁是乡里送，七十岁是国家送，到了八十岁，是宫中送。这在《礼记》卷四中有记载。

八十岁的这根手杖，有个鸽子的手柄造型，汉朝时叫"鸠杖"，也叫"玉杖"。店里这根是复制品，我问有没有得卖，他们说没有，但很好奇地问："如果有的话，你用来赐给谁？"

我笑着："当然是赐给自己啰！"

京都——Tsueya

从东京的 Takagen 一转，手杖收藏的追求来到了京都，在这里找到了"Tsueya"（手杖屋）。

这家店的老板，名叫坂野宽，五十多岁，人长得略胖，整天笑嘻嘻的，但一讲到身世，眼泪就掉个不停。原来他在十年前发现自己视力愈来愈弱，几乎有失明的可能性，后来得知经电脑可以放大报纸和杂志，才渐渐对人生有了希望。从此，他决心开一间手杖店，帮助有视力障碍的人。

手杖这种助步道具不好玩吧？也不是，他把各种设计、色彩及功能带进了灰色的世界，把手杖变成了一种时尚，一种令人不觉老的东西。

他从世界各地收集了近十万支的手杖，其中当然包括手里剑，像盲侠座头市用的那把，当然是不锋利的，杀不死人的。

将手柄一拉开，里面藏着三粒骰子，能在无聊时和朋友把玩起来。消磨时间罢了，不必认真。

我到店里，买了一支藏酒的手杖，是 Fayet（法耶）厂的产品，法国人的东西。里面有一个小玻璃杯，再转，另一个杯子冒出来，又转，取出一支很长很长的玻璃管，至少可以装一小瓶白兰地或威士忌。

另一支，杖内没有藏玻璃杯，只是一管更长更大的瓶子，原来是装茶或咖啡用的。

好玩，但不一定会买的是一支吹筒，暗格中藏了三支带羽毛的箭，放进管子一吹，箭飞出，可刺人。

最普通的是雨伞了，但是做得那么精细，怎么看也看不出能够藏在杖里。

开木塞用的开瓶器很普通，但是忽然要找时很好用，是酒徒的爱物。

我在店里又买了一根全黑的手杖，黑得发亮，但头部是一朵鲜红的玫瑰花，刚好用来衬托我的"蔡澜的花花世界"卖的玫瑰花系列食品。

最实用的是拉开就是一张小凳子的；最原始的附着一

个手摇的铃，像旧时脚踏车用的那种，叫人让路的。

在店里还看到一支刻着《心经》的手杖，只是不喜欢所用的字体，所以没有买下。

老板坂野宽一心一意造福人群，自己发明了一种手摇的电筒，用LED（发光二极管）照明前路，后面有闪红灯的设备，防止黑暗中有车子撞来。

当今他已被封为"人间国宝"，他的店已有七八家，每年卖十万支以上的手杖。客人行动不便，他就把一辆卡车改装成流动贩卖店，有需要的老人一打电话，他即刻上门服务。他说自己最大的愿望是赚到了钱拿去捐给失明人士。

我的手杖收藏

我的手杖收藏不停地增加，目前只是一个开始，总之每到一处，第一件事就是找古董店，看看可不可以买到一些稀有的制品。

在摩洛哥的市集中，找到一根铁做的，镶着各种宝石和牛骨、鹿角，手柄一转，里面藏着一把锋利的小刀，大概是用来割羊肉用的。但是我嫌它重，又有杀伤力，所以只用了一次就摆在墙角了。

也不是每一支都很贵，中国台湾人用强化塑胶做了一支非常轻的手杖，上面印着美丽的蓝色花纹，我在穿蓝色衣服时用来衬一衬，也好玩。

另一支是全红的漆器手杖，买来过新年的，但没有我送给倪匡兄的那支美丽。我一定要不停地去找，直到找到一支和他那支一模一样的为止。

有时手杖买了，查不出是哪里做的，像那支印着Ahlat（阿赫拉特）字样的，手柄从来没见过，是个圆圈，拿在手上，不知哪一头是头，用左手拿还是右手拿也不知。最近看到一档电视饮食节目，老板也是手杖收藏家，他也有一支，改天有机会上他的餐厅，问问看是哪里造的。

自从得到一支左手用的手杖，才知道手杖分左右手。这一根有个木头的垫子，走起路来才知好用，但不能换手。我又不是左撇子，买来只是因为好玩而已。

最得意的是最近买的一支羊角柄的，羊角大到不得了，但又不是很重，见到的人都说"有型"，喜欢得很。

有一本专门讲手杖收藏的书，是日本人坂崎重盛写的，书名叫《我的奇怪奇怪手杖生活》，"求龙堂"出版。在书中，他说收藏者是一个猎人，到处狩猎，而猎物是手杖，看了颇有同感。

手杖除了手柄、杖身之外，还有尾端的那块垫子，一般收藏家不去注意，买了一支名贵的手杖，但垫子内的是一大块样子很丑的胶垫，看得倒胃。

好在 Takagen 有种服务，可以替客人把杖端削尖，用一块很尖细的垫子套上去，这才好看。

更细心的是"手杖袜子"，那是一块厚棉，到日本人家里的榻榻米客厅或房间里时，往手杖尖一套，既好看又有礼貌，真好！

「如何成为专栏作家（上）」

记者来做访问，最多人提出："你吃过那么多东西，哪一种最好吃？"

已回答了数百回，对这些问题感觉烦闷，唯有敷衍地说："妈妈做的最好吃。"

其实，这也是事实呀。

更讨厌的是："什么味道？为什么说最好？吃时有什么趣事？"

味道事，岂可用文字形容？为什么说最好？当然是比较出来的。有什么趣事？哪有那么多趣事？

我已开始微笑不答了。

今天，又有一个访问，记者劈头就来一句："你写专栏已有三十多年，请你讲讲写专栏的心得好吗？"

这个问题从来没有人问过，我很感谢这位记者。回答了她之后，在这个深夜，我要做一个较为详细的结论。

香港独有的文化

专栏，是香港独有的文化，也许不是香港始创，但绝对是香港发扬光大的。每一家报纸，必有一至三版的专栏，这能决定这家报社的方向和趣味，虽然有很多人写，但总能集合成代表这张报纸的主张。

我认识很多报社的老板和老总，他们都是一览新闻标题之后，就即刻看专栏版的，可见多重视专栏。

专栏版做得最好的报纸，远至二十世纪六十年代的《新生晚报》，近到查先生主掌时期的《明报》和七八十年代的《东方日报》。

专栏版虽然有专门负责的编辑，但最终还是由报社老板本身，或者交给全权主理的总编辑去决定由谁来写。

《新生晚报》的专栏，有位明星，叫"十三妹"，她从一九六〇年开始写，一直写到一九七〇年逝世，整整十年，红得发紫。她每个星期收到的读者来信，都是一大扎一大扎的。当年没什么传真或电邮，读者只有用这个方式与作者沟通。

十三妹的特色，在于她对外国文化的了解。那个年代，出国的人不多，读者都渴望从她身上得到知识，而且她的文字也相当泼辣，看得大快人心。

《明报》和《东方》的全盛时期，倪匡、亦舒、黄霑、林燕妮、王亭之、陈韵文等，百花齐放，更是报纸畅销的主要因素之一。

其他国家和地区的报纸没有专栏，他们不靠专栏版吗？

那也不是，只是影响力没那么大罢了。他们的专栏一个星期一次，插在休闲版面中，没有特别的一版，也没那么多人写。成为明星的也有，包可华的专栏是代表性的，自从他出现以后，看不到有哪个人可以代替他。

全球华文报纸

说回香港，专栏版的形成，被很多所谓"严肃文学"的作者批评为因编辑懒惰，把文章分为方块，作者来稿塞了进去就是，故也以"豆腐块"或"方块文字"来讥讽专栏。

但不可忽视的是，中国香港的这种风气，影响到了全球华文报纸，当今几乎每一家都刊有此版。最初是新、马一带，多数报纸把中国香港报纸的专栏东剪一块、西切一块来填满自家的专栏版，也不付作者稿费。

有一回我去追稿费，到了槟城，找到报馆。原来这家报馆是在一座三层楼的小建筑里面，楼下运输发行，二楼印刷，三楼编辑和排版。因受当地政治因素的影响，读者不多，刻苦经营。我看了心酸，跑上三楼，紧紧握着总编辑的手，道谢一声算数。

那个年代，到了泰国和越南一游，总能遇同样刻苦经营的华文报纸，它们很多要靠连载小说的专栏，才能维持下去。这些连载小说大多是盗版而来的，当然是金庸、梁羽生、古龙和倪匡的作品，亦舒的小说也不少。

当今，这些报馆已发展得甚有规模，有些还被大财团收购，实力相当雄厚，再不追稿费就不行了。虽然只是微小的数字，但至少到当地一游时，可以拿稿费吃几碗云吞面。

除了东南亚，欧美的华文报纸，也都纷纷推出专栏版。当今他们懂得什么叫本土化，转载中国香港的专栏的已少，多数是当地作者执笔，发掘了不少有志于文化工作的年轻人，亦是好事。

大家庭

说到连载小说，昔日的专栏版，是占重要位置的，但因香港生活节奏快，读者看连载小说的耐性已逐渐减少，金庸先生又封笔了，所以连载小说也逐渐在专栏版中消失。

至于中国台湾地区，报纸上的专栏版也相当重要，他们有专人负责，文章长短、每日排版均不同，并非以"豆腐块"来填满。

这种灵活的编排十分可取，也适合台湾地区那种生活节奏较慢的社会，读者可以坐下来静静地看一长篇大论的文章，但这种方式一搬到香港来就失去了意义，而且作者不是天天见报，没有了亲切感。

香港的"豆腐块"，像一个大家庭，晚上坐下来吃饭，你一句，我一句，众人都有不同意见，有时聊的也只是家常，但重要的是一直坐在旁边讲给读者听。有一日不见，读者就若有所失。

有一次在某报写专栏，一个新编辑上任，向我说："不如换个方式来写。"

我懒洋洋地回答："写了那么久，如果是在饭桌上，我已经是一个父亲，你要把你的父亲改掉吗？"

「如何成为专栏作家（下）」

"你写了那么多年专栏，为什么不被淘汰？"记者说。

这个问题问得也好。

长久写了下来，不疲倦吗？我也常问自己。我也希望有更多、更年轻的专栏作者出现，把我这个老头赶走。

"当今的稿费好不好？不写是不是少了收入？"

香港文坛，专栏作家的收入，到了今天，算好的了。但我们这群所谓的"老作者"，都已有其他事业，停笔也不愁生计。

专业写作的当然有，像李碧华，但她也有写小说和剧本的丰收。亦舒的专栏很少，她还要每天坐下来写长篇小说，是倪匡以外的少数以笔为生的一位人物。

大家庭

说到连载小说，昔日的专栏版，是占重要位置的，但因香港生活节奏快，读者看连载小说的耐性已逐渐减少，金庸先生又封笔了，所以连载小说也逐渐在专栏版中消失。

至于中国台湾地区，报纸上的专栏版也相当重要，他们有专人负责，文章长短、每日排版均不同，并非以"豆腐块"来填满。

这种灵活的编排十分可取，也适合台湾地区那种生活节奏较慢的社会，读者可以坐下来静静地看一长篇大论的文章，但这种方式一搬到香港来就失去了意义，而且作者不是天天见报，没有了亲切感。

香港的"豆腐块"，像一个大家庭，晚上坐下来吃饭，你一句，我一句，众人都有不同意见，有时聊的也只是家常，但重要的是一直坐在旁边讲给读者听。有一日不见，读者就若有所失。

有一次在某报写专栏，一个新编辑上任，向我说："不如换个方式来写。"

我懒洋洋地回答："写了那么久，如果是在饭桌上，我已经是一个父亲，你要把你的父亲改掉吗？"

为什么好作者难以出现？这和生活范围有关。有些人写来写去，都谈些电视节目，那么这个人一定是宅男或宅女，不讲连续剧，也只剩下电子游戏了。

有些人以饮食专家现身，一接触某某分子料理，惊为天人，大赞特赞，也即刻露出马脚。

更糟糕的是写自己的父母、兄弟姊妹、子女、亲戚，甚至于家中的猫猫狗狗，但一点友人的事迹也不提到。这个作者一定很孤独。孤独并非不好，但必须有丰富的幻想力，不然也会遭读者摒弃。

真——专栏作者的本钱

我们这些写作人，多多少少都有发表欲，既然有了，不必要扮清高。迎合读者，不是大罪。

"作者可以领导读者。"有人说。

那是重任，并非文章被歧视为"非纯文学作品"的人应该做的事，让那些曲高和寡的大作家去负担好了。专栏，像倪匡兄所说，只有两种，好看的和不好看的，道理非常简单，也很真。

真，是专栏作者的本钱，一假便被看穿。我们把真诚的感情放在文字上，读者一开始也许不喜欢，可是一旦爱上，就是终生的了。

这种快乐，就是好看

"如果你籍籍无名，又没有地盘，如何成为一个专栏作家？"这也是很多人的问题。

我想我会这么做的：首先，我会写好五百字的文章，一共十篇，涉及各种题材，然后寄到香港所有报纸的副刊编辑部去，并注明不计酬劳。

写得不好，那没话说了；一旦写得精彩，编辑求也求不得，哪有拒绝你的道理？很多副刊的预算有限，更欢迎你这种廉价劳工。

一被采用，持不持久，那就要看你的功力了。投稿时，最忌把稿纸填得满满的，一点空格也没有。这等于是下围棋，需要呼吸，画画也得留白呀！一篇专栏，也可以当成一幅漂亮的构图来欣赏，如果你写久了，就能掌握。

或者，换一方式，十篇全写同一题材。以专家姿态出现，像谈摄影、相机，谈计算机，分析市场趋向、全球大势、今后的发展，等等，也是一种明显的主题。

既然要写专栏，记得多看专栏，仔细研究其他作者的可读性因素何在。我开始写专栏时，先拜十三妹为师。她是专栏作家的老祖宗，本人未见，先读遍她的文字，知道她除了谈论国际关系、文学、音乐、戏剧之外，也多涉及生活点滴，连看医生、向人借钱，也可以娓娓道来，这才能与读者融合在一起。

我每次下笔，都想起九龙城"新三阳"的老先生，他每天做完账，必看我的专栏，对我的行踪了如指掌。当我写外国小说、电影和新科技时，我会考虑到老先生对这些是否有兴趣。所以，这些题材我偶尔涉及，还是谈吃喝玩乐为妙，到底这才是生活。像和经常光顾的肉贩交谈，他说："我昨晚看了你监制的三级片，和老婆不知多快乐！"

这种快乐，就是好看了。

「
抄
经
」

《心经》

　　诵读《心经》是接触佛教最简捷的一条大道。《心经》全卷只有二百六十个字，却为六百卷《大般若经》的精髓，它字数最少，含义最深，流传最广，诵习最多，影响最大，是佛教最基础、也是最核心的一部经文。

　　人的一生，能与《心经》邂逅与否，全看缘分，得之便知是福，识之便得安详。那二百六十个字，这么多年来有无数人试译，甚至写成洋洋数万字的书来诠释，都是画蛇添足之举。

不了解吗？不必了解，总之读了心安理得、烦恼消除，你能找到更好的经文吗？

念经最好，抄经更佳。

怎么抄？文具店里有许多工具，最简单的是，你可以将已印好的经文，用一薄纸盖在上面，用毛笔照抄；更简单的是把字体空了出来，我们蘸墨填上去即可。在日本，更是有很多寺院设有抄经班，由和尚指导，参加抄经班可得一两个小时的宁静。

如果对书法有兴趣，用抄经来进入书法的学习和研究，那心灵上就更上一层楼了。

行书

我老师冯康侯先生教我，书法有许多字体，最通用的是行书，学习后可以脱胎换骨。写一封信给家人或朋友，比所有的表达感情的方法更为高级。

行书怎么入门？莫过于学"书圣"王羲之，而经典中之经典，是王羲之的《集字圣教序》。随处都可以买到这本帖来临摹，而这本帖中，就可以找到王羲之写的《心经》。

楷书

后人抄经，都有王羲之的影子，他的书法影响了中国人近两千年。临他的字，不会出错。但有些人说王的《心经》是用行书写的，抄经应该焚香沐浴，正坐，一字一字书之，才能表达敬意。

真正了解佛教的，便知道一切不必拘泥。如果你认为楷书才好，就用楷书吧。但楷书应该临哪一个人的帖呢？

抄经之后，你便会发现原来这世上不只你一个在抄，我们的先人，抄《心经》的可真多。

从唐朝的欧阳询，到宋朝的苏东坡、元朝的赵孟頫、明朝的傅山，再到近代的傅濡，都规规矩矩地用楷书写过《心经》，而其中最正经的，莫过于清朝的乾隆帝。皇帝写字不可不端庄，但当然写出来的，逃不过刻板。

不刻意的变化

如果你想用楷书写《心经》，那么这些人的字都要一个个去学，为什么呢？我们写字写得多了，就要求变化，而《心经》之中出现了不少相同的字，像这个"不"字就有九次，"空"字出现七次，而"无"更厉害，出现了二十一次之多。重复那么多次的字，我们当然想求变化，不要写来写去都是同一形状、同一字体。那么在求变化之中，你读到其他人写的《心经》，就可以从中学习了。

抄经就是刻板，抄经就是不必要有变化，有些人说。弘一法师写的《心经》，在字体上有很多是相同的，那是他不刻意变化，但是其中也有变化，都是不刻意的变化，这又是另一层次的书法了。

临弘一法师的《心经》，临得产生兴趣，那么就可以从他的李叔同年代临起。他最初写的是魏碑，出家后发现魏碑棱角过多，才慢慢研究出毫无火气的和尚字来。这一过程十分之有趣，临多了，味道就出来了。

除了楷书，就是行书了。临完王羲之的，便可以临赵孟頫的、文征明的、董其昌的和刘墉的，各人的行书都有变化，皆有自己的风格。

用篆书写《心经》的例子并不多，众家的代表作有吴昌硕和郑石如的。我自己临摹众书体之中，发现最有兴趣且最好玩的，还是草书《心经》。

草书

草书已像金文、甲骨文一样，是逐渐消失的字体，当今看得懂草书的人没几个。其实，草书的架构，临多了便能摸出道理，并非那么难学的。看懂了草书，进入古人世界的那种行云流水境界，真是飘逸得像个活神仙，舒服得说不出话来。

但是我还是介意太多人不能欣赏草书，所以我学草书时多选些家喻户晓的诗句来写，另外就是用草书来写《心经》。凡是学过的人，一看就知道那个句子是什么、写的是什么字，然后感叹"啊，原来字可以那么写的"，就愈看愈有味道。

以草书写《心经》的，历年来有唐朝的张旭和孙过庭，近代的于右任也写过。写得最好、最美的是元朝的吴镇，他的草书《心经》虽说是书法，但简直是一幅山水画。

辑录

从前要找出那么多人写的《心经》难如登天，当今已有很多出版社搜集出来。初学者可以买河南美术出版社的《中国历代书法名家写心经》（放大本）。但临帖时想看笔画的始终和重叠，就得买愈精美的版本愈好。当今有线装书局出版的《心经大系》，用原本复制高清图印刷，一共收集了十六件，值得购买，可惜少了八大山人的行书、皇象的章草、米芾的行书和孙过庭的草书。广西美术出版社的《历代心经书法作品集》中多录了明朝张瑞图的行草和沈度的楷书，邓石如的篆书和傅濡的楷书。江西美术出版社的一系列《心经》，也印刷精美，在网上随时买得到，别犹豫了。

「养猫」

大街小巷，宠物店开了一家又一家，中国香港人何时变得那么有爱心？自己家人不顾，却养宠物去！

兽医

友人要送孩子到外国念书，问我意见：学什么好？哪一门最有出路？当医生吗？诊所开到中环，大家排队，当然不错，但有没有看到拍乌蝇^①的？离市中心远一点的，连诊金也不敢收得太高，怕流失病人。

我说，还是去学当兽医吧。第一，医死患病的不会被

① 拍乌蝇，粤语，形容生意冷淡。店员们闲着没事可干，只好拿苍蝇拍拍苍蝇。

告；第二，它们吃了药无效，亦不会投诉。对了，当兽医好，当今就算你把诊所开到长洲，也有人抱着猫狗前来。

陪伴

动物寿命相对较短，死了伤主人心，那为什么还有那么多人养？第一，人与人之间的信任在逐渐消失，还是猫狗好，不会出卖或背叛你。子女一长大就离开父母，宠物可以养完一只又一只，至少它们并不像人类那么无情，家中有它们在，乐趣无穷。

人口的老化，是养宠物的根源。看日本就知道，年轻人都不肯生儿育女，也不肯照顾父母。这些年轻人一旦老了，只有宠物陪伴。

我的日本朋友，有一个当和尚兼写漫画剧本的，他靠替别人做法事维生。但人类愈来愈长命，这门生意不好做。他脑筋动得快，明白猫狗死亡率高，他就替它们念经，在寺庙后院建立一个坟地，埋葬之前又赚什么"头七""尾七"的钱，之后每年忌辰，主人也跑不了。

不如连火葬钱也赚了！他叫人建了一个大焚化炉。我看到了问他："动物那么小，要那么大的一个干什么？"

和尚阴阴地笑："万一老婆不听话……嘿嘿嘿嘿。"

当然，大家都知道日本和尚是可以结婚的。

中国香港人口也在老化，宠物愈养愈多，但土地也愈来愈少，不如开个劏房^②坟墓，做成袖珍格子，一间三十七八平方米的可以安放几千、几万只，也是生意经。

②劏房，分间楼宇单位，香港出租房的一种。

另一个养宠物的原因是女人没有男朋友。当今她们学识渐高，看不起周围的男的——那么蠢，怎么嫁？嫁不出去，只有养猫狗做伴。一有感情，生了病，便抱到宠物医院，担忧个半死。

见有生意做，宠物店让各种猫狗生完又生，生得骨质稀松，罪过，罪过。但还是要逼它们交配，一只可卖到几千、数万元，可不是小宗买卖呀。

爱猫

说了那么多的负面话，其实我还是爱猫的。记得丰子恺先生有只白猫，坐在他的肩膀上看他画画，是多么令人羡慕！丰先生爱动物，有如爱子女，这才有资格养。

养猫或养狗，令人分化，谈起来又得打架。我是讨厌狗的，因为它们有奴才相，伸出舌头来，哭丧着眼睛看主人，一摸它们，又来亲，口水横流，完全是一副脏相。

我决定活得有趣

　　但也了解主人的心态，养一只像小熊的狗，简直是一个活动的洋娃娃。不过它们终归会死，死了怎么办？再养一只呀，样子相同的很多，还是有乐趣的。这我相信，就是不了解宠物死去时的悲哀，如何忍受。

　　狗小的时候最可爱，它们的眼睛总是那么大，样子总是那么天真无邪，但一长大后，凶相就露了出来。这也难怪它们，一定是受了痛苦和刺激养成了自我保护性格。最可怜的，是它们已经失去了好奇感，不再好玩了。

　　猫小时候更是令人爱不释手。我喜欢的是大脸的猫，猫脸一尖就有残忍相，无毛的猫更是不能接受，但也有人爱。我又不喜长毛的，那些扁脸的富贵猫，更有"猫眼看人低"的表情，没资格当猫。

　　当今的猫，和人一样，有些愈长愈肥，主人要帮它们节食，为什么不早一点控制它们的饮食？最近在社交平台上，有很多人把猫的短片放上去，很多猫连洞也钻不进去，笨得厉害。

　　我爱看的短片是猫欺负狗的，猫时常出拳打狗的头，但也有猫狗拥抱在一起的，看得令人温暖。人一不开心，就应该看猫猫狗狗的短片。我还看到，有几只猫还会像人一样用双脚走起路来。

　　日本人叫猫为neko，这个ne也可以作"睡"的意思。

猫爱睡是天性，我们误会它们懒惰，故粤人常说"懒猫"。有些猫是过分了一点，睡起来怎么叫都叫不醒。我在福井县的街市上看到一只睡猫，抓起来摇它也照睡。刚好是去拍电视节目，请摄影师拍了下来，剪辑过后放在视频媒体上，有好几十万人点击。

养猫

友人说你那么爱猫，为什么不养一只？我当然也想过，只是我有洁癖，受不了猫脱下来的毛，也很怕它们排泄物的味道。但最不能忍受的，是它们短命。

还有很重要的一点，是居住的环境。养起猫来，要对得起它们。我小时候的家很大，有个广阔的花园，养的猫很聪明，生了病来会去找花草来吃，吃完呕吐了就没事。内急了起来，猫会在花园里挖个洞，事后仔细地用沙子埋起来。闷了，猫会找你玩，不然就跳上树去找鸟儿，这样的环境才是理想的。

不过，要忍受的是猫叫春，那种撕裂天地的哀鸣，双手捂住耳朵也避不了。最好的是，当猫知道是时候了，会走得无影无踪。它们的子女和它们长得相像，以为还是那只老猫，长伴在你身边，这才叫养猫。

领带的乐趣

打开箱子，翻出一大堆的领带，至少有几百条。

黑领带

我对领带的爱好，是受家父影响的。当年他在邵氏的新加坡公司上班，也常打领带，最喜爱的是一条全黑的。别人迷信，说有哀事才打黑领带，爸爸才不管，一直打着，在公司也有"黑领带"的外号。

我的箱中也有无数条黑领带，颜色一样，但暗纹不同，而且有窄有宽，跟着时代流行转换。穿蓝色衬衫、黑西装，打黑领带，看到的人都说大方好看。

其中有些黑领带是双面的，由名厂 Mila Schon（米拉斯卡欧）制造，一面是黑的，一面是红的，或者有五颜六色的斜纹。这家厂的制品最好，完全手工制作，料子织得上稀下密，打完后挂起来，翌日仍然笔挺，不像什么利来牌劣货，打完皱得像一条"油炸鬼"，久久不能恢复原状。

选领带

当年领带也要上千块港币一条吧，我买起来绝不吝啬。在外国旅游，一看到喜欢的即买。选领带有一套学问，你走进一家领带店，那么多的货物，买哪一条？很容易，像鹤立鸡群一样突出的，一定是条好领带。

在做《今夜不设防》那个节目时，更需要每次打不同的领带，我的收藏逐渐丰富。但买来买去，最吸引我的如果不是色彩缤纷的，就是纯黄、纯红或全黑的。领带能和搭配的衬衫及西装撞色，并不一定要一个系统的颜色才顺眼，比方说浅咖啡色西装、蓝色衬衫，配上一条黄色的领带，也很好看。

丁雄泉

但说到耀眼，不得不提丁雄泉先生。丁先生对色彩的掌控非常了得，什么大紫大绿、粉红等俗气的颜色，一到他手上，立刻变为艺术品。

丁先生的西装，有的也是他自己的画印在布料上才做出来的。他的花花世界中有无穷的变化，就算是黑白，也被他画出色彩来。

举一个例子，有一回他来港住在半岛酒店，我接他去参加一个酒会。那次他的行李丢失了，他独特的领带也不见了。他就叫我陪他到尖沙咀的后街，从一家印度人开的商店买了一条很便宜的黄色的丝质领带。回房间后，他用黑色的大头笔，在领带上画了一群好似在游动的小鱼，穿上黑西装、黑衬衫后，那条全黄领带简直色彩缤纷。酒会中不断地有美女前来，问领带是在哪里买的。

后来我就跟丁先生学画，也没举行过什么拜师礼。总之，我们之间的友谊，像兄弟，像父子，像师徒。他一年来香港两次，我也尽量去他阿姆斯特丹的画室学习两次。

"我能教你的，不是怎么画画，而是对颜色的感觉。"他说。

画领带

　　从此，我买了大量的白色丝绸领带——每条二三十元港币，当成白纸或油画布，不停地涂鸦。当我系了领带到米兰或巴黎的街头时，很多人都会转头来看。欧洲人的个性就是那样，他们不会遮掩对美好事物的赞美。

　　"噢，是LEONARD（李奥纳德）？"男男女女都那么问。

　　LEONARD这家厂的衣服或领带的颜色非常缤纷和独特，每条领带一千多至数千元，我也买过很多，后来自己会画了，就省了不少钱。

　　丁先生用的颜料，由一家叫FLASHE的法国厂商制造，属丙烯，说得直白一点，就是乳胶漆，可以溶于水，但是干后又不褪色，可水洗。FLASHE的产品比其他英国名厂的还要鲜艳，有的还加了荧光材料，打上用这样的颜料画的领带，去舞厅跳舞，紫光一照，领带在黑暗中还能发亮，晃来晃去，舞伴和周围的人看了也欢呼。

　　这些自己画的领带用了好久，近年来我喜欢穿Blanc de Chine（源）设计的中式衬衫，圆领，不必打领带，就逐渐少画了。

　　剩下的不停地送人，也不够用，索者还是不断前来。曾经有家在机场卖领带和围巾的公司向我提议，要把我那些图案印在丝带上出售，但没有结果。

最近我在计划，在淘宝网上开一个网店，同事们都说领带会好卖，已经谈好厂家专做一批。小生意而已，有兴趣的可以买来玩玩。

优雅年代的产物

自硅谷人的不修边幅开始引领潮流，打领带的人愈来愈少。领带就会从此消失吗？我想也未必，到了隆重场合，始终要打上一条。

领带是优雅年代的产物。为什么发明它？传说纷纷，最讨女人欢喜的说法是：为了要牵住男人。显然，打领带不必像牵牛一样地由鼻孔穿过去，绑在颈上就是。这当然是笑话。男人穿西装，打起领带来，还是好看，因为好看，所以一代传一代地保留下来。

在领带的全盛时期，出现过不少的花样。在我的童年时期，还看过"方便领带"：已经打好了结，绑在一个三角形的塑料模子上，还有一个钩，男士们只要把衬衫领子结好，扣上就是。

打领带又有很多花样。起初去派对跳舞，还要叫同学们教，打了一个最复杂的温莎结。耳鬓厮磨之后，女友急了，撕开我的衬衫，又想帮我解领带，手忙脚乱，差点没把我勒死。这是很多年前的事了。

从前名牌西装一万多块就可买一套，到二〇一五年已涨到四五万了。

为什么要买这些名牌的，而不在附近找裁缝做？道理很简单，人家的高科技机器，把领子熨平了怎么弄都不会皱；我们找裁缝做的，脱了下来搭在臂上，一下子就变成"油炸鬼"了。所以西装这回事，不得省也。

年轻人买不起这么贵的西装，不要紧，当今很多牌子卖得都便宜，像 M&S（玛莎）、Zara（飒拉）、UNIQLO（优衣库）等都卖西装，他们也有熨领子的机器。买一件卡其料的，简简单单，穿起来也够体面，不一定非要跑到欧洲名牌店去找。

不会落伍的投资

有了多余的钱，就去投资一套好西装吧！二〇一五年流行的都是窄衣窄裤的，有些裤脚还要短得露一大截袜子，这些西装，再过一年半载，看起来会十分滑稽，而你的投资，就泡汤了。

做长线投资的话，一年买一套夏天穿的薄的、一套冬天穿的厚的，加起来，十年你就有二十套西装，二十年就有四十套。你可以不断地更换西装，而你的衣柜，已是个宝藏。

不会被嘲笑过时吗？中庸的西装，我可以保证，至少可以穿个二十年。不是大关刀领，也非太窄的裤子，那种两粒至三粒纽子的西装，我亲眼看到，是这二十年，甚至于三十年内，穿到欧洲去，都会被尊重的。

上衣不会改变太多，裤子的流行变化才大。当今只要多买几条裤管没那么宽大的，便不会落伍。

西装的料子应注重

料子才是应该注重的。对方要是识货之人，一眼便会看出是好料子，自己穿在身上也更增加自信。春天买

Marine Blue Mirco-Nailhead（布料名），夏天买 Cream Pupioni Silk（布料名），秋天买 Oxford Gray Sharkskin（牛津灰鲨鱼皮），冬天买 Cambridge Gray Worsted Flannel（剑桥灰色精纺法兰绒）；或者简单一点，天热时来件又薄又轻的没有里子的麻质浅色的西装，天冷时来件开司米的深色的，已够应付。

西装还有一种四季皆宜的丝质料，通常是卖得最贵的。穿这种料子的人大多待在夏天有冷气、冬天有暖气的室内，外出有车子接送，不必穿太薄或太厚的西装。

求变化，穿什么？

求变化时第一件要买的就是 blazer（夹克）了，它可以既隆重又轻松，适合出席户外活动。颜色只限黑色或深蓝，特点在铜纽扣，多为三排六粒，上两粒是装饰，右边的两粒实用。纽扣代表了西装的牌子，也有深蓝色的纽扣，像带着一个 D 字的 dunhill blazer（登喜路夹克）就是一个例子。

如果有需要的话，再买一件"踢死兔"[1]好了，会穿衣服的人不太用这个名词，都叫为"晚餐装"。要穿的话别太马虎，得来一整套：丝领的上装，左右带丝条纹的裤子，结领花的衬衫，黑纽扣，配袖组、丝质束腰带和光溜

[1]踢死兔，即燕尾服。因其英文 tuxedo 的发音类似"踢死兔"，因此又被戏称为"踢死兔"。

的皮鞋。背心穿不穿随你，但上述的基本搭配，缺一不可。一生之中买个一两套，当玩玩好了，穿不穿不要紧。

值得推荐的西装品牌

穿西装的最大忌讳是袖子太长，露不出半点的衬衫袖口；颈背不合身，肿起了一圈，更是不可饶恕的。当今要找到好裁缝，只有去伦敦的 Savile Row（萨维尔街），他们做的西装十几二十万元一件很普通，有没有这种必要看你自己的要求。你要明确地知道自己要一件什么样子的，看现成的。

一般来说，去名牌店看见有什么你喜欢的样子，就叫店里的裁缝替你改好了，都有这种服务。

值得推荐的是意大利的 Loro Piana（诺悠翩雅），他们以名贵料子见称，可以选择的多不胜数。特别一点的，冬天有他们独家的 vicuna（骆马毛）料，夏天有莲茎抽丝料。他们的手工更是一流的，什么身形都能做到最好。

其他西装店如 Armani（阿玛尼），十多年前在一部电视剧中被捧红后，变成美国人最爱穿的西装品牌，但在我看来，他们的西装已经一件不如一件，变成一块死牌子。

Hugo Boss（雨果博斯）在美国大花广告费，也为人所知了。但爱好时装的意大利人和英国人都把这家德国厂当成笑话，尤其是它的名字叫"Boss"，不俗也变俗了。

稳重的是 Brioni（布里奥尼）和 Ermenegildo Zegna（杰尼亚）。这两家店的料子和剪裁一向是最好的，定做当然更无问题。如果想拥有一套四季皆宜的西装，最好在这两家店选料后请他们的裁缝做，不太会过时。

想穿得潇洒、飘逸，又不入老套，也不跟时髦的话，那么 Yves Saint Laurent（圣罗兰）是首选。他们的西装外面漂亮，连里子也进行了特别设计，脱下后翻折在臂弯，也相当有派头。可惜此厂只注意女性产品，男人的西装每季只设计十几套，选择很少。

Hermes（爱马仕）和 Louis Vuitton（路易威登）也出男人西装，样子看起来永恒不变，但都有少许的变化，每年如此，每季如此，懂的人都看得出已经是去年的货。除非你跟得很贴，又不在乎每套西装只穿一季，否则还是别买。

「生意经」

带了一架照相机，准备在拍戏过程中拍些花絮，以供日后宣传用，或者做个工作记录。

每次替演职员拍照时，他们一发觉，总做个样板状，各人神韵都是公式化的，欠缺他们独有的个性。

这种照片实在没有味道，于是决定在他们没有防备之时，摄取一些比较活生生的、有趣的镜头。

平日忙碌的道具人员，偶尔在饭余，嘴上含着一根没有点着的烟，已经假寐。"咔嚓"一声将之拍下。

女演员因滴眼药水当眼泪，不舒服时的怪状；武术指导雄赳赳，也摔一个跟头……这些生活写真，我冲印出来后，扬扬得意地拿给他们看。岂知都被对方认为有损他们形象，或是嫌显得他们偷懒、出洋相。

不拿去做宣传吧，可惜；留做记录吧，大概一生中再难去多看一遍。于是决定五块钱一张出售。交出照片，他们放心；袋进银纸^①，自己开心：实在是生意经。

①银纸，粤语，钞票，钱。

开店

碌命作祟，总要找点事做。我也知道优哉游哉的乐趣，但是一面作乐，一面赚钱，满足感更胜一筹。

有风险的投资，已不是我这个人生阶段应该付出的担忧。干点小生意，安安稳稳地得到一点点的回报，才是一条大道。但能做些什么呢？

想了又想，不如开个网店吧！

开网店的好处在于不必付高昂的租金，对香港人来说，是一大喜事也。

怎么开？很容易，有个地方，叫"淘宝"。事前先做好功课，飞到杭州，参观"淘宝"的总部。"淘宝"总部奇大无比，简直是一个王国。截至二〇一三年，淘宝网拥有五亿的注册用户数，每天有六千万人次的固定访客，在线商品超过八亿件，单日交易额达四十三亿八千万人民币，而且每天还在增加。

在与"淘宝"高层的会议中，我得知：一、商品必须要有独特的个性，方能突围。二、如果商品的背后有个故事，更能引起访客的兴趣。三、尽量在各个电子传媒中发布宣传攻势，以引起访客注意。

回来一想，这些条件，我是具备的。

但说起来容易，怎么实行呢？一件商品，卖得好的话，就得趁热打铁，囤很多货发售；但潮流一过，如果没卖出去，那怎么办才好？银行界的友人常告诉我，很多人生意愈做愈大，资金不够就来银行借钱，而结果生意失败，都是因为存货太多，还不了银行的借款。

做任何一件事，都得学习，吸取前人失败的教训，尽量避免。这么一来，就会发现失败的例子比成功的多，愈来愈多的顾虑，只会令人裹足不前。

我老是说：做，成功的机会是五十对五十；不做，机会是零。会教别人，自己呢？

做呀！就大着胆子开了一家网店，最先想请设计师做个标志，最后还是用了苏美璐的插图，做了一个叫"蔡澜的花花世界"的网店来。

最初尝试卖茶、卖酱，符合了第一个要求：商品必须要有独特的个性。我把我怎么研发出这些产品的经历娓娓道来，算是符合了第二个要求：要有故事性。至于商品推广，我在微博多年来的努力——回答各位网友问题，每天刊登我一篇散文，等等，令我至今累积了八百五十八万六千八百三十个粉丝，比香港的总人口还多，可以借这个渠道，积极地推广。

客人来自五湖四海，我必须要有一个团队，在运输时若产生什么问题，就能一一解答及安抚顾客。好在发货方面，有一家很有信用的公司，叫"顺丰"，他们的规模已经做到像DHL（中外运敦豪快递）或FEDEX（联邦快递）那么完善，甚少出差错。

团队的组织和基地的租金等，都得靠经济支持。这时，在我举办的旅行团中我认识了一位很热心又能信得过的好朋友刘先生，他也是我的"知己会"会长。他本身做高级印刷，在内地有工厂，对我的小生意方案有兴趣，愿意协助，也就水到渠成地成为我的合作伙伴了。

童年记忆的美食

本名为"暴暴茶"的茶叶，我一向认为名字太过强烈，当今改为"抱抱茶"，加上"蔡澜咸鱼酱"和其他酱料，店中商品即做即卖光，是种小尝试。今后的产品，必须是有季节性和长期性的，我决定从三方面着手——端午的粽子、中秋的月饼和过年的年糕，命名为"童年记忆的美食"系列。

产品都得事前预售，否则会有卖不完的风险。虽说现在还早，但当今急务，是该筹划怎么做年糕了。

在十几年前，我收到中山三乡的年糕，一打开盒子，看到年糕竟然有人头那么大！这个年糕，的确让人震撼，也唤起我小时候吃年糕的记忆。那时的年糕，就是那么大的。

我即刻赶往中山市，寻找为我制作年糕的忠师傅。忠师傅与我结交多年，对食物的制作态度严谨，有一份很顽固的执着，又坚持做原汁原味的东西，和我的理念是一致的。

广东省中山市三乡镇种满了香蕉，到了那里我首先看到的是一望无际的香蕉园。香蕉叶是包裹年糕的最原始材料。摘取大片的香蕉叶，先洗净并经高温处理，排除一切杂质、杀菌后，方能使用。

再下来是选最好的糯米，磨成粉后晒干，成为糯米粉。再加最原始的蔗糖，在高温下淋在糯米粉中，反复搓揉后，以新鲜的香蕉叶包裹，最后才放进巨大的蒸炉中蒸出来。这时的年糕呈浅褐色，是砂糖的原色，不加任何人工色素。

制成品采用真空包装，再装入坚硬的纸盒内，在运输过程中就不会被撞坏。香蕉叶本身有防腐作用，年糕送到客人手中，不必放进冰箱，也能存放十几二十天不会变坏。存放过程中即使年糕表面长出霉菌，也只需用湿纸抹去，即可放心食用。这时的年糕可以切片，就那么煎来吃。再不放心，可以把表面那层切掉，一定没有问题。

依照妈妈的做法，裹了蛋浆再煎，味道更香更妙。加一点油也可，不加无妨。年糕本身有油，不会黐②底。年糕带着真空包装放进冰柜，更可以保存至几个月以上，肚子一饿就煎一片来吃，好过方便面。

②黐，粤语，粘。

每份年糕的重量是三千二百五十克。

事前功课做好，客户下了订单，我方才制作。一方面是保证新鲜，再来，我不希望因为囤货而亏了老本。一切资料都放在"蔡澜的花花世界"淘宝店上，各位若有兴趣，多多帮衬，谢谢大家。

网红

《一五五会客室》

随着科技的日新月异，好玩的事愈来愈多。近来联合倪匡兄，一同做了一个叫《一五五会客室》的直播节目。第一集有一百六十九万人看，第二集有一百四十万人看，已有共三百零九万人看过。

直播其实就是外国人的"真人秀"，主持人在真实时间内与广大的观众一起度过。很多年前金·凯瑞已经有一部电影讲这件事了。

出现在这些节目中的，内地人有个名字叫"网红"，很多年轻女子都开着手机做直播。倪匡和我算是最老的"网红",节目名中的"一五五",是我们两个人加起来的岁数,自嘲好过被别人笑话。

任何人都可以当"网红",问题是有没有人看,怎么叫人知道有自己的存在。

当今有无数的直播网站,我选了新浪的"一直播",是因为从二〇〇九年十二月十三日开始,我在新浪微博默默耕耘,回答诸位网友的问题。这些日子以来,我一共发了九万三千条微博,粉丝一个个赚回来,已有九百三十八万人。通过这群网友发放消息,我的直播节目才会有人观看。

干什么?

我们俩七老八十,做这些直播节目干什么,求名求利?人家说:"你看,观众的打赏实在厉害,播放时间内不断把金币一个个投了过来。不只金币,还有钻石!哇,你们俩,已经有十四万三千颗钻石了,不得了,不得了!你们赚老了!"

是不得了,那么老了,又不露胸,也有十几万颗钻石。但是,这一切都是虚数,几十万个金币,也换不了几百块人民币,新浪还要抽佣金,更是所剩无几。也很可怜那些整天在镜头前等待人家打赏的女孩子，不如去麦当劳打份工吧，一定赚得更多。到了第二次做节目，遇到有人说得好：与其别人送我金币，不如我送几个字给观众，至少可以卖几个钱。

为名吗？这个岁数，不必要吧？

但我们直播到底是干什么？不是完全无利可图的，等到人家看见你的成绩，就会花钱来让你为他们宣传，但在他们看不到你有实力之前，一个子也不会给你。

我一向鼓励年轻人：别问收获，先耕耘！看来，实在有代沟，我们比他们年轻。

急智倪匡

微博推出了《一直播》这个App（应用程序），由"面痴"友人卢健生推荐，我一听就知道可行，搭档倪匡兄，观众还以为我们会做像《今夜不设防》一样的内容。那是几十年前的事了，我们也不会重复，而且当今请美女嘉宾，她们会很轻易答应，但她们的经纪人很难缠，我们没那么多时间去周旋，还是只有我们两老比较轻松。

做节目之前，我找到倪匡爱喝的蓝带白兰地。他说现在卖的简直是难以下咽，我们喝的是数十年前的老酒，而且要半瓶装的。

有酒了，就要有下酒菜。直播现场不能煮食，我只有买倪匡兄喜欢的鸭肾，再开罐墨西哥鲍鱼给他吃。有酒有菜，话就多了。

认真地说，倪匡兄的急智高我十万八千里，面对众多网友提出来的问题，他回答得又准又精。

问：遇到了八婆怎么办？

答：一笑置之好了。你跟她认真，你不就成了八公了吗？哪有这么笨的人？

问：你的男女关系写得很成功，是因为你很有经验吗？

答：我写强盗也很成功，难道我是强盗吗？

问：钱重要吗？

答：钱不是万能的，可是没有钱是万万不能的。等到生病，你选择住高级病房还是普通病房时，就知道钱的好处了。

节目中还有很多精彩的对答，如果各位有兴趣，打开《一直播》，马上就可以看到重播，真是方便得不得了。

064
X
065

分享

节目已经做了两集了，第三集时我要出国，一早已经答应了一群好友带他们去马来西亚吃榴梿，不能改期。一想，有了，就去马来西亚直播好了。

只要有部手机就行了。抵达马来西亚之后买一张 4G 的卡，随时可以连上 Wi-Fi，一按键，就能直播了。我吃什么榴梿，虽然大家只能看到，但是马来西亚很近，机票又便宜，大家随时可以跟着我的足迹去吃。

我也会介绍网友经营的燕窝，她开发的是"屋燕"，非常环保，又干净，所以可以大力推荐。另外，衣服、土产等也能一一介绍。

最让大家喜欢的是我准备了马来西亚的各种美食，什么忘不了鱼、大头虾、大螃蟹，应有尽有。当然最精彩的还是榴梿，除了"猫山王"之外，还有"黑刺"，那是冠军品种。

当然，我更会在节目中推荐我自己的新产品"冷泡罗汉果茶"，热冲固然好喝，但是冷泡亦有意想不到的效果。罗汉果是新鲜真空抽干的，与从前烟熏的那种有股怪味的不同，又清热去火。一瓶没有味的蒸馏水，如果加入一袋罗汉果茶包，味道即刻丰富。一下子喝完，带甜，又没有糖的坏处。有好东西，还是想和大家分享的。

「听书者」

青岛出版社刚刚为我出了两本书——《忘不了，是因为你不想忘》和《爱是一种好得不得了的"病毒"》，编辑贺林十分用心，请了第一流的人才设计封面，用了最好的纸，十分感谢。

受他邀请，出席了上海书展，位于上海展览馆。这座大厦建于一九五五年，是所谓的"俄罗斯古典主义"建筑风格，丑到不得了，像蛋糕多过像建筑物。但是看到年轻人在雨中一圈圈地排队，还要买门票入场，非常之感动。不管电子书将会多发达，纸质图书永远不会被替代，爱书者将一代代地传下去。只要接触过一次书香，人们便会永远地忘怀不了。

最爱侦探小说

会场挤满了人，所展书籍多不胜数。我走了一圈，就是没有看到录音书的摊位，要是在英美的话，它们会占据书展的一个位置。二〇一六年，录音书总销量是六十四亿美元。畅销书一出版，必有相应的录音书跟着这个市场，绝对不容忽略。

谁会买录音书呢？绝大部分是一班花时间在交通上的人，与其听那些没有用处的咿咿哎哎的流行曲，还是听录音书有益。

我在多年前已经上了听书的瘾，它已成为我旅行时不可缺少的伴侣。在车上看书会头晕，听书最为舒适。当今我临睡之前也一定听的，像孩子听妈妈说故事一样，听呀听呀，就入睡了，这是多么美妙的一种感觉。

最初是买 CD（光盘）听，经过外国书店必进去找，大型书店必有一专柜出售各种各样的录音书。从小说到传记，还有各类的幽默小品，我都能轻轻松松听完。美国有一个网站叫 Audible（亚马逊有声读物），各位不妨去试听。

偶尔也听一些经典的文学著作，像《堂·吉诃德》和《罪与罚》等。但始终喜欢侦探小说，由福尔摩斯听起，到老太太克里斯蒂，重听又重听，百听不厌。发现最近写得好的有 Jo Nesbo（尤·奈斯博），他的《雪人》也快被拍成电影了。另外层次没那么高的有 Daniel Silva（丹尼尔·席尔瓦），写了一连串的杀手故事。这位作者还没有受到好莱坞的重视，但今后他的作品也一定会像"007"一样一集集拍下去。

《罪与罚》和 Daniel Silva 的作品都是同一个人读的，此君叫 George Guidall（乔治·吉多尔），已被誉为"录音书帝王"。他一共读了一千三百本书，都令人听得着迷。有些听众还会不顾书的作者是谁，走进书店或图书馆说："给我一本 George Guidall 读的书！"

Guidall 也相当会自嘲，他说有人告诉他："我老婆认为你的声音很性感，现在看到了你，就不必担心了。"

在二〇一七年已经七十九岁的他，平均要花三至四天才可以录完一本书。他说最好是不必见到作者，否则会被他进行种种限制。选什么作品来读呢？他有原则的，太注重色情与暴力的不适合他的胃口，他有绝对的选择权。

"我不过是一个演绎者，但在读一本书时，我就变成了这个作家，尽量把书和听者的距离拉近，但我也知道我自己的地位，我不过是一只寄居蟹，躲在人家的幻想里面。"他说。

"读一本书不是大声念出来就行，各种人物要有各种声音。有时一本书里有几十个人物，声音有时要变男的，有时要变女的。最近我听说有一间诊所，专门教那些男的变性人，怎么说话像一个女人，我真想去上几堂课呢。"他幽默地说，"在我的录音间里，我放着一双红色的女人鞋，录音时穿上去，看看会不会女性化一点。"

最新听的，是一连串的《警察厅长布诺》，由一个叫Martin Walker（马丁·沃克）的英国人写的以法国乡村为背景的侦探小说，结合了悬疑和美食，人物十分可爱，一听就不能罢休。

肯试，才有可能成功

我们在香港曾努力推广录音书，但都不成气候。在内地，出版商的第一个反应是："投资了那么多钱，会不会给人一下子盗版？"

当今，防盗版的技术已愈来愈进步，做得最有规模的是《金庸听书》，可以一本本买，或者一整套买，我早已购入，重温各部金庸小说。可惜听起来没有外国的录音书那么顺畅，但这只是小瑕疵，大毛病是临睡前一听，就不想睡觉了。

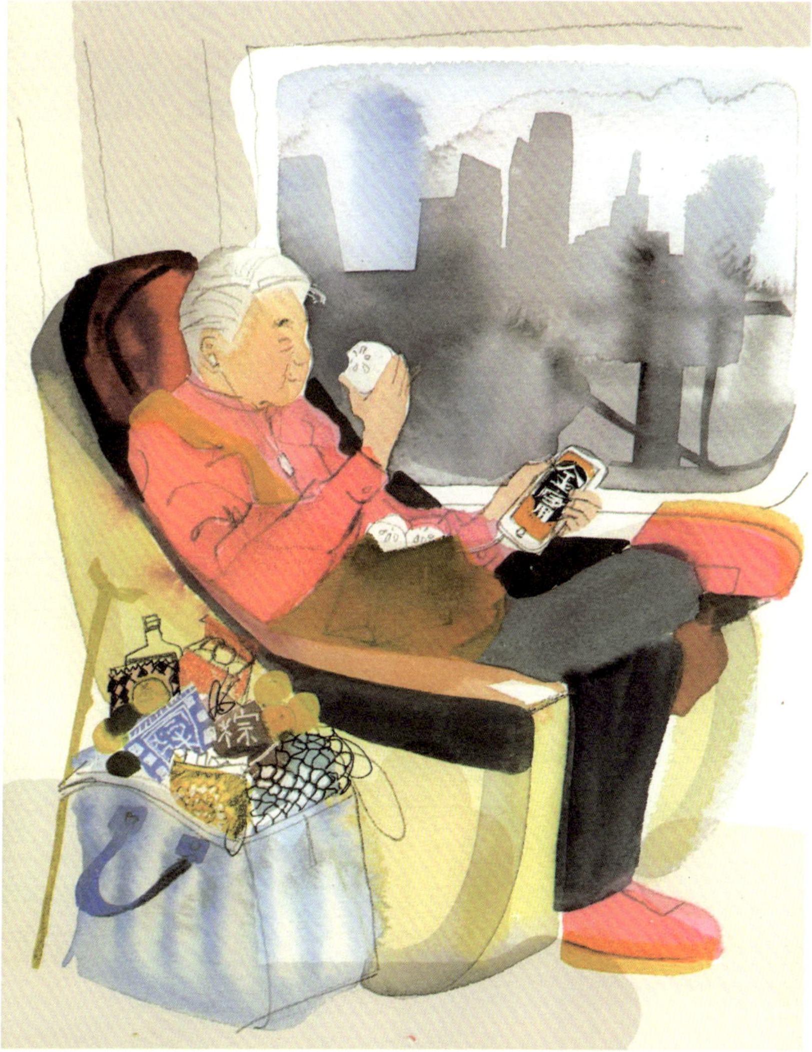
金庸
粽

趁着这次书展，又与青岛出版社聊起出录音书的事。青岛出版社是一个很年轻且很努力的机构，曾经请人念一些我的书给我试听，但选的声音都很苍老，与我的轻松内容有点距离，这次他们说要重新组织一下。

怎么出呢？我建议外表和原著一样，打开了就是一张CD和一本书，读者要看要听都行。如果读者对录音书没有兴趣，也可以当成买一本书送一张录音CD当赠品，不妨尝试。我一直说："肯试，成功的机会是五十对五十；不试，成功的机会是零。"

目前，录音书有兴起的迹象，内地一个叫"喜马拉雅"的网站已有很多人听。肯开始，就已经是踏出第一步了。希望这个市场能日渐成熟，也是爱书人的另外一个读书途径，好事一桩。

「电子麻将游戏」

不喜欢，或不懂得麻将乐趣的读者，请别继续看下去。

大同小异的麻将玩法

大家以为麻将是个古老的发明，其实它的历史很短。据专家们研究，麻将应该始于一八七五年。直到一九一四年，才有第一本麻将牌谱《绘图麻雀牌谱》，作者为沈一帆。

十九世纪，麻将流行到美国去，至今还有很多老人家会玩。现在麻将已在全中国通行，成为"国技"之一，各地方有各地方的玩法与规矩，规则则大同小异。

香港人玩的，是所谓的"老张"，十三张牌。和牌分两类——抢食和的和三番起码的，前者一赢，三家都要给钱，后者只是打出给人和的牌的输，叫为"全冲"，其他人不会无辜被拖累，这是受了台湾牌的影响。

当今在香港打牌，大多数人都玩台湾牌了，认为最公平不过，而没有"拉庄"，就是"连庄"的话，就会越赢越多，而且之前虽然输光，但在最后一圈的最后一铺，也有机会全部赢回来，故深受香港人喜爱。

台湾牌，又叫"十六张"，比广东牌多出三张，原理相同，花样和番数各异，有的人平和算三番，有的算五番。什么准则呢？网上有台湾牌的番数，可以下载，依照它打，大家便没话说。

花样百出的电子麻将游戏

① 脚，粤语，指一起进行娱乐活动（比如打麻将）的人。

台湾牌可以令人上瘾，但上了瘾，找不到脚①打，就非常痛苦。解决办法，唯有靠电子麻将游戏了。

以手机打，头昏眼花，最好是用 iPad。只要在 App Store 上找，便能发现有众多的 App 可以免费下载，包括了《游戏麻将》《欢乐麻将》《QQ 麻将》《麻将大满贯》等，其中设计得最精美的，有《神来也》《博雅》《明星三缺一》。

　　前几年，科技不如现在的发达，游戏商不能解决多人同时上线的问题，玩家只能和电脑做对手。电脑出牌的牌章与常人不同，就算是老手，也会被它杀得一败涂地，但打久了，摸出它们的套路，就能百战百胜！

　　电子麻将游戏带给我不少的乐趣，尤其在伤风感冒的那段时期，吃了药晕晕酡酡，电子麻将游戏最能消磨时间，打完几圈后便能安眠。

　　游戏花样百出，若对手的图片是美女，就会说汉语方言，比如闽南话，或者日语的对白："我等到花儿都谢了。""Hayaku shinasai。"②

遇到的对手图片上是俊男，打一张牌给他吃，就会说："大家真客气哪。"或和了一次："见好就收。""和牌的感觉真好。"

这都是较有教养的，有的美女发言，非常之贱，也不去谈它了。

科技发展下来，游戏已可以选对手，《明星三缺一》的玩友之中，美女有小 S 等，丑男则有猪哥亮等人。

② 这句日语的意思是"快一点"。

道高一尺，魔高一丈

如今的电子麻将游戏，已可以做到数千人同时上线，由游戏商自动分配对手，每次只打一圈，玩起来节奏更快、更刺激。来自世界各地的对手，章法个个不同，每一场游戏都有新鲜感，更容易令人着迷。

这些游戏都是免费下载的，游戏商如何赚钱呢？他们有几种方法：

第一，靠卖广告。越多人登入游戏，便有越多的广告商。但经常在游戏中叫你买什么，总会令玩家厌烦，久而久之，这个游戏便被抛弃。

第二，加强功能，玩家可付款购买，例如看穿对方的牌、起手配好牌、与对手换牌等，但这些功能对不付款的人不公平，迟早也会被唾弃。

第三，也就是最赚钱的，就是卖筹码了。最初上线，商家会免费给你若干筹码，也会让你赢到很有自信，觉得自己已是高手。接着，你就不停地输，输到筹码清光，便不能再玩了。

上瘾的玩家，如何等待？唯一的方法就是购买筹码：金币八千，价格二十三美元；金币二十六万，价格六百一十八美元。先从便宜的买起，一点一点付款，累积起来，便是一个大数目，那么多人玩，对于商家，更是一个天文数字。

技术好的玩家，有自信不停地赢下去，但商家已经设计好了一套程序，等你赢到某个数字，电脑系统便会让你摸到出冲的牌，就算你以为摸清了路数，守着不出生张，对方却自摸了，让你防不胜防，最后又以输光为结束。要玩下去吗？买筹码呀！

虽然魔高一丈，也有驱魔人。来自世界各地的黑客，已能破解苹果公司付款的系统，让玩家可以骗过游戏商，免费取得筹码，继续玩下去。这时商家发现了漏洞，便想办法来修补。到了最后，玩家与玩家之间的游戏，就变成黑客与商家的竞技了。

从前打麻将，算是赌博，被大家反对。当今，医生也劝老人家打打小牌，防止记忆衰退，找不到脚的话，玩电子麻将游戏去吧。

电子麻将游戏打久了，有空虚的感觉，但不要紧，一旦和真人打，就高兴得要命，一定能打赢。

「真枪实弹」

今天翻出了一张小时候的黑白照片，手执玩具牛仔手枪的。像我这么一介书生，本应对武器一点兴趣也没有，偏偏从小就喜欢手枪，上课时也偷偷画之。为什么那么喜欢？看西部片之故吧。

仿真枪

长大了这个兴趣也不变。在日本留学时，可以买到各款仿真的玩具枪，也一一收购。小小的一间公寓中，至少有几十把。

　　到了晚上，和几个同学拿了玩具枪，装上子弹，到附近公园中砰砰嘭嘭玩个不停。结果被邻居告发，一个便衣探员找上门来，但好在他也是个手枪迷，我们俩交谈了起来，没完没了，总算没把我抓到警署去。

　　读心理学书籍，得知这在潜意识中与男性性器官有关，应该是这方面短缺，才更喜欢枪。我自认不比人强，但也没什么大毛病，只是好学的一部分而已。

　　工作与电影有关，拍动作片，当然接触枪械。记得早年的电影，所用的手枪颇为失真，有点像匣子枪，从来没看过这种型号的，原来是电影公司道具部的产品。当年日本对枪械的管制也颇严，真枪当然禁止，逼着道具部造出一把手柄上装着小电池的手枪，扳机一扣，接触到小包的火药，枪口就砰的一声发出浓烟及火光来。

　　回到中国香港，张彻拍的动作片，也需用到手枪，就向日本的电影公司购买了一批。记得那些仿真枪时常坏，派人修理了又修理，修出了一个火药专家，之后的爆炸场面完全由他负责。

用真枪拍电影

　　一九七四年，威马公司（Hammer Production）来港与邵氏合作，拍一部叫 *Call Him Mr. Shatter*（《夺命刺客》）的动作片，Stuart Whitman（斯图尔特·惠特曼）当主角，鼎鼎大名的 John Huston（约翰·休斯顿）当反派。戏里就需要一把私家侦探常用的短管手枪，结果让我们在中环的一家猎枪专卖店找到了，经警察局的督察特别批准，买了一把点 38 Colt Cobra（柯尔特眼镜蛇左轮手枪）。子弹是没有弹头的，还叫道具部在枪管中镶了铁，这样一来，就算是装了真的子弹，也只会打爆枪管，发射不出弹头来。

抚摸真枪实在有一种奇妙的感觉，它一点也不像杀人的武器，倒似少女的肌肤，光滑无比。那种乌黑的颜色，可以说黑得发亮，像水上漂着的那层油，有绿、有蓝、有紫，名副其实的五颜六色，尽在那把黑枪中。

再次接触真枪，是数年后的亚洲影展，在马尼拉举行的。在菲律宾这个"无法无天"的国度中，真枪不是什么稀奇之物。友人来接机，就掏出身上那把 Walther PPK（瓦尔特 PPK 手枪）给我把玩。对了，就是詹姆斯·邦德用的那一把。他说，这是在德国旅行时买的，回到菲律宾，买通了海关，偷运入境的。

有时候，一把手枪就像一辆名车，会成为经典。PPK 具备了这个条件，它是一件美不胜收的艺术品。虽说它只能装小口径的点 38 ACP（柯尔特自动手枪弹）子弹，杀伤力是不够的。手枪子弹有种级数，叫"人生阻止者"。"肮脏的哈里"用的点 44 马格南增火力，或者"沙漠之鹰"用的点 50 Action Express（一种大口径手枪子弹）子弹，都属于此类必杀火力。有鉴于此，后期的詹姆斯·邦德戏像一九九七年的 *Tomorrow Never Dies*（《明日帝国》），或二〇〇八年的 *Quantum of Solace*（《大破量子危机》）都改用 Walther P99（瓦尔特 P99，一种半自动手枪），它可以装十六颗 9mm×19mm 或点 40 S & W（史密斯威森）的大口径子弹，足够灭杀对手。但其后的詹姆斯·邦德戏强调智能和优越感，又重新使用 PPK!

靶场经验

PPK 实在好用，我在靶场试射时，一点后坐力也感觉不到，像在打更小口径的点 22。话说回来，警方的许多调查显示，凶手们还是爱用点 22 的最小口径子弹，它胜在准确，不会因大口径子弹的后坐力而失去准度，在近距离行凶的话，小口径子弹照样致命。

后来，我也到过拉斯维加斯的靶场，以及中国内地的，还有韩国的。比较起来，美国靶场的枪械选择最多，而且也最注重安全性，它强调拿起手枪时，第一件事就是先检查一下有没有子弹留在枪管中。这种情形在曲尺手枪上最容易发生，人们以为取掉了子弹匣就安全了，哪知枪管内还有一颗看不见的子弹。

另外，就是不开枪的话，永远不要把手指按在扳机上，不然的话，一滑倒即走火。这些，我们去惯靶场的人都永远记得遵守。另外就是一定要戴耳塞，否则开枪开得过瘾，耳膜会震出血来，自己还不知道呢！更必须注意的是要戴透明护眼罩，曲尺的子弹壳弹出来时很容易伤到自己或别人的眼睛。

还有一种情形亲自经历过，我在开左轮手枪时，忽然发现一只手血淋淋的，那是因为拇指没有抓紧枪柄，在后坐力作用之下摩擦到了锋利的安全掣。

　　在用真枪实弹拍电影时，也发生过不少意外，一名武师没听我警告，未事先查明枪管中是否还存在着子弹，于是不慎走火，把自己穿着的运动鞋射穿了，好在没伤及别人，但他自己已吓得脸青。

　　靶场中最难忘的经历是在泰国，那里可轻易地买到各类进口手枪。"富二代"什么枪都玩，且都是最新型号。只见在我的旁边站着一位漂亮的少妇，她拿了最可靠、最轻盈、最细小、后坐力最轻，又可以装上十颗子弹的Glock 26 Generation 4（格洛克26式手枪第4代），把标靶拉到最近，向着红心，一颗颗射出子弹。枪枪中的之后，她露出满意的笑容。

谈光影，赏音乐，论文字

「论李安」

终于在戏院中看了 *Life of Pi*，中文名译为《少年派的奇幻漂流》，并不讨好。

电影没有让观众失望，虽然后座的小孩一直向父母投诉看不懂。它不是一部儿童电影，只能留给他们一个印象，长大后重看才会明白。

丰富和容忍

有些人喜欢拿原著跟电影做比较，批评电影少了讨论宗教的部分，深度不够。对好莱坞制片家们来说，宗教却

已经着墨太多，让他们不耐烦了。我倒觉得恰到好处，说明了 Pi 是个内心纯洁、对世界充满了爱的少年，已经足够。

反而书中描述不出的，如倒映在镜面大海的晚霞，飞鱼群、鲸鱼、老虎和海岛，那种又真实又似半梦半醒之间的形象，丰富了故事的内容。3D 电影可以这么拍的，詹姆斯·卡梅隆也想象不到。

通常，在制片人和导演之间的立场是对立的时，好莱坞当然会要求李安把法国厨子吃人的情节也拍进去，这种惊骇的画面始终能多卖几个钱。相信李安最初也屈服了，所以用了法国巨星 Gerard Depardieu（杰拉尔·德帕迪约）来拍。最后，这些镜头还是被导演剪掉了。在李安慈悲的胸怀之中，以对白来交代这种情节，已经是他容忍的极限了。

主题

戏拍完后，导演总得根据合约，到各国去做宣传。李安最多被传媒问的，应该是电影的主题吧？他回答说："我们怀疑所有美好的，又拒绝承认现实的残酷。"

这也是小说的主题。它给我们两个版本的故事，挑战

读者去选好一个答案，最显然不过了，相信这也是吸引李安去拍这部电影的主要原因。

那只老虎代表了什么？李安说这不好说，最后还是说了：那是一种恐惧感，让自己提高警觉的心态。这种心理状态是生存跟求知跟学习最好的状况。如果害怕了，认为自己也懒惰算了，就很容易陈腐，很容易被淘汰的。

在李安的电影生涯中，他在这种心态中不断地挣扎，拍出了不同的电影，有时得奖，有时也被这只老虎咬伤。像拍《绿巨人浩克》时，他一不小心，想走出漫画的框框，研究人物的心理状态。漫画就是漫画嘛，研究来干什么？

书生气质

从前的导演，知识分子居多；当今的，大多缺少书生的气质。有了读书人的底子，就能把文字化为第一等的形象，任何题材都能拍，都能去挑战，创造出经典来。李安是目前少有的一个知识分子，我们可以在《理智与情感》中看出他的文学修养，已经跨越了国界，英国人也不一定拍得出那么英国的电影来。

这当然要有很强的基础，李安的这种跨越国界的修养是从"父亲三部曲"中建立起来的。在拍《饮食男女》时已超越了国界，故事和手法皆为全世界的观众接受与赞赏，后来外国导演还把这个故事拍为了其他版本。

在拍《卧虎藏龙》时，他的武侠片中的招数都是合情合理、稳稳阵阵①的，才不会被全世界的观众当为天方夜谭。这才是成为一个国际性导演的基本条件。

① 稳稳阵阵，粤语，稳稳当当，很牢靠，很安全。

但是到了好莱坞，就得玩制片家的游戏，什么不能超出预算，什么不能乱改剧本的限制等，《冰风暴》和《与魔鬼共骑》应该是牺牲品。只有在夹缝中求生存，和与老虎格斗一样，最后才能在《断背山》中取得胜利。

恋爱题材

有位心理学家说，男人身上总存有一点点的同性恋倾向。李安有没有这种倾向大家不知道，不过对这一方面，他应该是熟悉的，从《喜宴》一片中可以看出端倪，在《断背山》更是发扬光大了。

可以说的是，他对异性恋的认识也不深，拍《色·戒》时，他说拍得很辛苦。一个喜欢女人的男人，怎么会说这种话呢？其实，连女人的身体构造，他都没有研究清楚，一个没有性经验的女人，乳头怎么那么黑？如果他多做功课，至少也会叫化妆师化它一化吧？

下一部戏

不知道李安的下一部戏会选什么题材，总之非常之期待。一个人的个性是很影响他的作品的。李安温文尔雅，许多文学巨著放到他手上，都会有更深一层的演绎吧？他说过，以他目前的地位，再多拍十几二十年烂片，也有人肯出钱。当然，他不会那么做，他的选择很多：战争片，科幻片，恐怖片，等等。

会不会拍喜剧呢？他不像一个放得下的人。也许他会有他轻松的一面，拍一部让观众笑一笑吧？也应该是时候了，总不必一直和老虎搏斗下去吧？

也许，宗教电影也可以考虑，拍一部《释迦》，如何？

「电影中的血腥」

从前的牛仔电影，英雄开一枪，歹徒倒地，他的胸口有一弹洞，一丝血液流了下来，表示他已经死亡。

好人和坏人对打，拳脚交加，最后一人倒地，嘴巴和额角有一点点的血。

但有些观众像古罗马竞技场中的暴民，对血腥画面的要求愈来愈高，血轻微地流出，已不能满足他们。他们一再嘶叫：给我更多，给我更多！

LE SAMOURAÏ
LEON
THE BOURNE TRILOGY
BOURNE IDENTITY
BOURNE SUPREMACY
BOURNE ULTIMATUM
Road to Perdition
Clint Eastwood
Dirty Harry
From Dusk Till Dawn
Collateral

喷 "血"

当今电影中的血，已经不是流的，而是喷的。

用的当然不是真血。好莱坞和日本的化装品中，有一种叫"血浆"的东西，是用红花粉加上蜜糖做出来的。将"血浆"放入保险套中，包成一个血球，演员含在嘴里，咬破后将"血浆"一口喷出，演员也不觉难受。

至于要表演身上中枪，会把"血浆"放进一个个的塑料袋中做成血包，分量多少，看导演的暴戾程度。用胶布贴紧一片硬皮，保护演员的身体，上面放血包，同样以胶布贴紧。血包后面藏着一个像药丸胶囊的小型引爆器，通着电线，开关在演员手中。

导演一喊开机，演员就按开关，引爆器一爆发，连同爆开血包，"血"就喷了出去。事前在演员衣服上用刀划上几道，才能爆得好看，否则屡屡失败。

通常是以加速的拍摄、慢镜头放映来强调的。如果大家留意一下，还可以看到中枪的演员手中，是握着开关的。

这种技法，在意大利西部片里，还不成熟，到萨姆·佩金帕导演手中，才发挥得淋漓尽致。他的作品，永远充满这些镜头。

那么用在刀剑上呢？从前的戏，总是英雄一刀斩下，歹徒"啊"的一声倒地，接着看到他身上流出了血。到了黑泽明，他说高手过招，只要一记，非表现中剑效果不可。在《椿三十郎》一片里，反派身上装的已不是血包那么简单，而是一个电压的喷筒，里面是一加仑一加仑的"血浆"，一按开关会像喷泉那样飞溅开来。

合理的运用

血腥可以成为暴力的美学，也是廉价的惊栗。没有看过的观众，会一下子受到感官上的刺激，非常之过瘾。东方的观众已看惯张彻电影中的手法，但外国片商们并不欣赏这种不合好莱坞常规的 zoom（变焦）来 zoom 去的不安稳镜头和凌乱的剪接，直到他们看到了合理的运用。

这导演就是郑昌和了，邵氏把他从韩国请来。此君颇具学院派气质，学足好莱坞片的拍摄手法，也跟着潮流拍武打片，拍了罗烈做主角的《天下第一拳》。戏中主角和配角对打，最后把配角的肚子抓破一个洞，挖出肠来。

那些"肠"，当然是道具部用一堆猪肠和一大把"血浆"做出来的玩意儿，但外国人看了还是会发出尖叫。这部电影，当地片商把片名译为《五根手指的暴力》，在意大利卖个满堂红，成为第一部在外国成功的中国港产片，比李小龙的还要早。

其实在艺术性的处理下，电影的震撼力比挖肠更厉害。《码头风云》（*On the Waterfront*）中马龙·白兰度的拳脚搏击，虽是黑白片压抑着鲜红的血，但也让人留下深刻的印象。

理想的画面

血腥的构成，由血包爆出的是一堆堆的，从喷水器洒出的是一滴滴的，构图并不太漂亮，就连后来斯皮尔伯格的《拯救大兵瑞恩》（*Saving Private Ryan*），血也喷得像浇花。说真实感，没人看过这种场面，在电影上的画面又太假，不是观众心目中的血花四溅。

这种理想的画面，在什么地方才能看到呢？当然是漫画了。电影中完美的血腥镜头，出现于《斯巴达300勇士》中，由真人和计算机动画结合的拍摄，使从人身上喷出的血，可以凝结成一个完美的画面，是多么令人叹为观止。

电影历史上拍摄过的战争场面，跟《斯巴达300勇士》这部片子中的一比，也都失色了。也只有这种手法，才能表现出战场中过关斩将、见马砍马、见人杀人的血腥，手臂飞出，头颅断掉，没有了计算机动画，根本不能算逼真。

这种技巧，在电视剧《斯巴达克斯：血与沙》（*Spartacus: Blood and Sand*）中重复又重复。

剧中竞技场中的互杀，都是血肉横飞的，十三集的片集处处是血腥和暴力。不止这些，又加上讲个不停的粗口对白和一直出现的男女裸体，以及性爱，这部剧成为继《罗马》之后，最好看的一个古装连续剧。

每集播完，片尾都打出字幕，说这是反映罗马时代的荒淫的，为求真实性，是必须的。

这当然是借口，还是影评家说得对："这么一个小本经营的制作，又没有一个大明星，非用这种手段来卖钱不可。"

"怎么可以那么大胆地表现性爱，怎么可以那么血腥暴力？"大家都那么问，"又怎么可以在电视上放映？"

我们得从西方的水平来看。这种血的表演，早在纸张漫画书上充满。在近年来流行的大杀僵尸的电子游戏中，头颅爆裂，胸膛开花，已不是什么值得大惊小怪的事。

在一个比漫画、电影和电视更血腥的社会里，还发生过校园连环杀人事件。现实比其他媒体更要残酷。

也许，让人在幻想中满足了潜伏着的对血腥的渴望，在现实生活中，这种渴望才可以减少一点吧？

「
意
见
」

做了四十年电影监制工作，还不知道走的路线对不对。我生长在一个电影的黄金时代，拍什么什么赚，所以也没有预算，总之要把电影拍好。

当今的影坛已没那么幸福，要找到人投资，是极不容易的事，但为什么你看到一部拍完又拍一部，还是不断地有新片出现呢？

一场梦

要明白的是，电影是一场梦。你想看到的，现实中不存在，但戏院里有。所以我们在儿时，在漆黑里寻到快乐，就会着迷。外国人说，这是被"菲林虫"咬到了。

对电影上瘾，又看到许多愚蠢的劣片，你就会说："怎么拍得那么差？我随便来几下，就会拍得好过你。"这时，你就想当导演，拍部比别人拍的更好的戏。

这群着迷的人不断地说服别人给他们投钱拍戏，也有些富裕的人蠢蠢欲动，想去投资，所以电影就一部又一部地拍下去。这中间，又有一种叫"监制"的人穿针引线。三个怪物聚在一起，梦就做成了。

当然也有所谓的"电影大亨"，他们资金雄厚，背后又有银行或什么基金，一年拍个十几部，有的赚，有的亏。一直拍下去，直至亏的居多，直至倒下来为止。

好莱坞

比起好莱坞，东方的电影像山寨的胶花厂，因成本较低，可以没有剧本就开拍，也能够一面修改一面拍摄，把菲林当成稿纸，不满意的话，就扭成一团扔进废纸篓。

好莱坞不行，一天的外景费用就要一两百万美元，所以他们非有一个完善的剧本不可，绝对不会允许导演因拍得过长，而把一整段戏剪掉。

那么他们拍的都是商业电影吗？也不是，总有小成本的艺术片出现，但是他们的目的鲜明，知道市场在哪里。要拍曲高和寡的，也行，但他们不会盲目地、贪心地要求作品赚大钱，又得很多奥斯卡金像奖。

和他们比较起来，我们就是一个任性的孩子，浪费大把制作费：片子太长就剪，拍完再说。有的导演简直爱上他们拍过的每个镜头，不肯缩短，结果总闹出一部戏拍成上下两集来。而分上下两集的，失败作品居多。

好莱坞戏也有分几集的，他们拍了前传，再拍后传，或者相反，但每一部戏都有一个独立的故事，绝对不会无头无尾，不管你怎么看，都没有"且听下回分解"的。

制作人和监制

在电影工厂年代，制作人的权威是高高在上的。张彻的戏，永远拍得过长，这么一来放映的场数就减少，收入也不多了，那怎么办？邵逸夫先生一声令下，就交给剪接师姜兴隆和我去处理了。

我们往往会把一些与故事无关的戏先整段删去，如果剧情连接不上，就请导演多拍一些其他镜头来说明。或者，我们会把重复又重复的打斗场面剪掉，这么一来，干净利落，再把剪好的版本给导演一看，也就没有反对的声音了。

剪掉的，都是钱，都是心血，何必那么浪费呢？与其事后剪掉，我们在看剧本时，就应知道哪一段是多余的，哪个人物对说故事没有帮助，要做好这些工作，但当今有谁会看剧本呢？

把意见说给导演听，他们都会当你是一个要来抢儿女的歹徒——他们已经进入了沉迷的阶段，永不清醒。这时候有权力的投资者，或他们信得过的监制，就应该出声了，不坚持的话，永远是浪费。

严守住制作成本，是好莱坞最重要的工作。一场戏要拍几天，算得好好的，一旦超过了，监制就会要求导演删掉其他的工作日来补码。东方导演去了好莱坞，当然不爽，认为你这么限制，那怎么还有神来之笔？

当监制的人也不是永远是对的，但他们总是一个旁观者，可以很清楚地看到整个局面，他们的意见，不应该忽视。所以说监制和导演是一个夫妇档，应互相扶持。

我说

我一生看过无数剧本，我当今可以很有把握地告诉别人：

第一，你想拍的是什么戏？文艺的，只想得奖的，还是想赚钱的？请别混淆。曲高和寡，是寡呀，不应该想丰富的收入。

第二，剧本要一场场地研究。这一场想说些什么？与前后有没有呼应？每一场在上映时有多少分钟？如果加起来，你的剧本已有四个小时了，就应该删减。

第三，故事是否大家都看得懂？你想拍抽象的，没有人看得明白，只想得奖，也行，就不必求个盆满钵满。电影还是有基本原则的，要大家都看得懂。

第四，把制作费放在哪里？放在大明星身上当然有保障，用未成名的演员是种冒险，大家都知道，但你的制作费是多少呢？卖多少钱才可以赚回成本呢？非事前计算好不可。到最后，还是要有一个完整的故事，就算有庞大的制作费，也要先从小拍起，到大为止，一相反，永远吃力不讨好。

第五，如果你是想捧红一个小明星当禁脔的话，别拍电影，买房子，买钻石，会便宜得多。

第六，……

意见没完没了，但谁会听呢？

「在路上」

我生长在一个念华校或念英校的年代。两种学校的学生互相歧视，有人说读中文没有前途，也有人骂学英文的是"卖国贼""亡国奴"。井水和河水，分得很开。

不去批评。爱好中国文学的学生，读四书五经，读《水浒传》《红楼梦》《西游记》《三国演义》，加上鲁迅的作品。他们少读莎士比亚，对外国文学，也仅限于翻译的俄语作品。

读英校的连金庸也看不懂，看的是史蒂文森、狄更斯和奥斯汀，还有米基·斯皮兰的侦探小说，更喜爱的是一些名人的传记。

求知欲强一些的，虽然上的是中文学校，两种语言的文学也都想涉及。我从小爱看书，时常假装肚子痛而不去上学，躲在蚊帐中把中国经典都看完，更将翻译过来的《约翰·克利斯朵夫》《战争与和平》《基度山伯爵》等其厚无比的小说一本本生吞活剥。

但当年，翻译成中文的外国作品毕竟不多，只有学习英文。学校分上下午班，我早上读中文，下午去教会学校上英文课。

喜欢看书的人终于集中在一起，我认识了老黄和老谢。当年大家只是十三四岁的小伙子，就喜欢用个"老"字来互称。

疲惫的一代

经典读过，已不能满足，我们"发现"了一本书、一个运动，那就是《在路上》和 Beat Generation 了。Beat 这个词可译作"打"，打胜和打败是主观的，一些文艺青年把这个世代翻译成"被打垮的一代"，我并不赞同。

Beat 也可以变成节奏，不过当年最流行的语气，是用在"疲倦"上，像"I am beat"，就是"我疲倦了"。那一代的年轻人，读书、旅行、做爱，都是全力以赴，到最后当然疲倦，这并不一定是消极的意思，所以我自己认为把 Beat Generation 译成"疲惫的一代"，较为妥帖。

这一代人叫为 beatnik，是取了 beat，加上当年苏联发射到太空的人造卫星 Sputnik（"伴侣号"）后面的 nik 而成的。这样造词没有什么理由，也不必有理由，这个词更不可能翻译成中文了。

小说《在路上》

我们最爱看的书当然是《在路上》（On the Road）了，其中的人物是真人的影子。除了这本书的作者 Jack Kerouac（杰克·凯鲁亚克）之外，我们也接连"发现"了诗人 Ginsberg（金斯堡）和另一名奇异的特色作家 William S. Burroughs（威廉·S. 巴勒斯）的影子。

从这本书中，我们受的影响并非认识大麻那么简单。我们热爱旅行，周边国家都流浪过之后，大家在日本京都相聚。当年老黄已经结婚，他当然把我们这些老友的事告诉了他的画家太太，虽然是第一次见面，我们和他太太已像多年老友。在那天真无邪的年代，好的事物老友共赏，四人大被同眠，好像也是必然会发生的事。一切，好像发生在小说里面。

说《在路上》是一本小说，也不像，它零零碎碎地记录了几个老友一块旅行的片段，他们追求的自由思想，才是最能影响到读者的。

电影《在路上》

这本二十世纪六十年代被捧为"圣杯"的巨著，最初也想过拍为电影，原作者写了一页纸的信给马龙·白兰度，要他来演 Dean Moriarty（迪安·莫里亚蒂），而作者则演 Sal Paradise（萨尔·帕拉迪斯）。

白兰度并不是一个爱看书的人，他认为这个提议荒唐至极，便不去理会。后来也有很多人尝试过，但原著什么剧情也没有，当然不成功。后来也试过请 Brad Pitt（布拉德·皮特）和 Ethan Hawke（伊桑·霍克）来演，也告吹了。

这本书的版权，被《教父》的导演争取到，就算他大名鼎鼎，也没法取得资金。经过多少年后，终于拍成。但很讽刺的是，这部美国泥土味极重的作品，竟然是由法国人和巴西人一起出钱——用了两千五百万美元，在加拿大的魁北克开镜的。

巴西人出钱找的是巴西导演 Walter Salles（沃尔特·塞勒斯），他曾经导演公路电影 The Motorcycle Diaries（《摩托日记》），给科波拉看中了。但是，和上海人不会炒广东菜，粤人做不好沪菜同一个道理，这部片没有拍出美国味来。一提起这部名作，许多出名的演员都来跑龙套，Amy Adams（艾米·亚当斯）、Viggo Mortensen（维果·莫腾森）、Steve Buscemi（史蒂夫·布西密）、Kirsten Dunst（克斯汀·邓斯特）等，连当红的吸血鬼片女主角 Kristen Stewart（克里斯汀·斯图尔特）也来了，而且还大脱特脱，但都救不了这部片子。

种子

"疲惫的一代"的书和诗，都充满了缺点，对所谓"研究纯文学"的人来说，简直是进不了任何殿堂的，但是这一群年轻人最大的功劳，是种下了一粒很重要的种子。

这粒种子在他们的下一代长成，变成嬉皮士的鲜花运动。当年美国经济起飞，是富强的国家，也孕育了大批的"富二代"。

这些"富二代"们得到《在路上》的启发，旅行去也，不再封闭在美国社会中。在东方的旅程中，他们知道了冥想，明白了和平，对自己国家在越南战争中的行为非常反感，在消极的抗议中他们写歌、作词，创造自己独立的思考方式。

这些人，当今都是美国大企业的中坚分子。他们穿牛仔裤上班，满脸胡子，根本就不像个集团主席。但看不惯嬉皮士的酗酒、吸毒、自由爱情的儿女们长大了，进行反抗，就变成了循规蹈矩的雅皮士，这又是另一个故事了。

「编舟记」

要快乐，也得偶尔哭一哭。

很久没有像看完《编舟记》那样好好地哭一场了，非常之爽快。

这部日本电影，是一般制片人不会去拍的题材，讲的是如何去编一本字典的故事。这种故事拿到好莱坞，更会被人说："疯了吧，怎么会有人去看呢？"

也只有日本人才有这种能耐，他们有认真做好一件事的本能，连怎样替死人化妆的片子也拍得精彩，《入殓师》就是一个例子。

想让观众哭，主角不必得癌，也用不着生离死别。在缓慢的节奏之中，电影描述了一个木讷的青年，他一事无成，只爱看书。命运的安排，让一个有才华的编辑，因为照顾妻子不得不辞工，找寻到这个青年来代替他编一本新字典。

接受了挑战之后，这个青年一步步投入这个工作，爱上了，经过十五年的坚守，终于完成任务。

做事的精神

一本普通的字典罢了，却得经过四次五次的校对："一部教人查对字的意思的书，怎能出错？"这是日本人做事的精神。年轻人会忘记这种严谨的态度，让小说和电影来提醒他们。

现有的字当然要记载，新的字眼，年轻人对话之中创造的、通用的，当然也得记录。字典不断地增加新的词条，编辑的工作量也不停地增加。我们在日本看到的，新旧融和、并重、共存，也都出于这种精神。

起初看，我们都不知道这项工作的艰难，像保守的主角、他的新派青年同事，以及后来的女性助手一样，观众来自各种年龄、阶层、观念。主角从一窍不通到渐渐投入、喜欢上这份工作，资深总编辑们的指导、年老房东的照顾、女友们的爱情，在这些故事中，这些角色一直和观众一起成长，一起在不知不觉中受到感染，对认真做事有了进一步的了解。故事不停地牵引着大家，让我们感动，让我们流泪。

学海无涯苦作舟

原著是二〇一二年最多人看的小说，得奖无数，二〇一三年改编成电影，作者叫三浦紫苑。中国台湾地区的人触觉敏锐，已将其翻译成中文，书名一贯地文艺腔，改成《启航吧！编舟计划》，译者是黄碧君。

电影在中国香港上映时改名为《字里人间》，实际一点，但不如原题那么写意，原题来自"学海无涯苦作舟"这句话，已不必多加解释。

演职员

男主角书中的名字叫马缔光也，"马缔"这个姓日文发音为 Majime，褒义是"认真"，也可用于取笑别人"老土、没有用"。男主角由松田龙平扮演，他父亲是著名的松田优作，是位反叛、忧郁、非常有个性的演员，可惜早逝。龙平刚出道时演过大岛渚的《御法度》，那时他还只是美青年一名，无甚深度，多年后磨炼出性格来，在这部戏中用很压抑的演技取胜，很不容易。

演他同事西冈正志的是小田切让，日本名为 Odagiri Joe，以 Rock 歌手出道，每回出现都奇装异服的他，演过许多变态青年，留长发，脸青，看起来像个吸毒者，想不到他在这部戏里会有那么高超的演技。

女主角宫崎葵也在一九九九年出道，已演戏无数。人长得并非美丽，但很有个性，也常出现在长篇电视剧中，大家对她也许有点印象，来自《笃姬》。

因妻病而退出的编辑是小林薰演的，他是位极佳的个性演员，观众当然不会忘记他在《深夜食堂》中饰演的厨师。

演资深总编辑的是加藤刚，当年著名的小生，出现时差点认不出来，也不知道是不是化妆师的功力，让他一场场戏地苍老，及至身患癌症时更有病魔缠身的形象。我想，这更是他个人的功力。

房东太太由渡边美佐子扮演，她也是从很年轻演到老的好演员。

当年的日本大美人八千草薰，当过无数电影的女主角，有日本女性最美丽和贤淑的形象，当今垂垂老矣，还那么认真地把角色扮好，不得不佩服她一生对电影的贡献。

导演石井裕也毕业于大阪艺术大学映像部，又到日本大学艺术科研究部专攻修士学位，导演过 End roll、《肚子怎么了》、《土绅士垄上行》、《从河底问好》等片子。

新旧共存

石井一九八三年出生，三十岁。男主角松田龙平一九八三年出生，三十岁。女主角宫崎葵一九八五年出生，二十八岁。①

一群年轻人拍出这么一部电影，也不能说日本青年只懂得吃喝玩乐。他们和八十二岁的八千草薰、七十五岁的加藤刚、八十一岁的渡边美佐子一起拍戏，与敬业乐业的老年人共事。日本是一个新旧共存的社会，日本人做事，都认真。

① 本文写成于2013年，故有此年龄推算。

「喜剧中心」

　　我是一个不肯浪费一分一秒的人，有时间就看书、报纸及杂志。旅行时看书会晕车，我便会听录音小说。电影看得最多，包括 DVD。当然，电视我也看的，但这是我最不喜欢的媒体，我是被迫看的，在吃饭的时候。

　　当成一心两用的消磨，看电视主要是看新闻，但本地的不会看，因为那些广播员个个像痨病鬼，吸气和呼气的声音大过旁述，口水声又一大堆，听了东西都吃不下。国际新闻只看 CNN。

喜剧中心——唯一看得下

顺嫂们喜欢的连续剧我当然不追，外国拍得好的少之又少，记忆中好像只有《阿信的故事》和《大长今》。近年来的电视剧有些好过电影，像《绝命毒师》、《唐顿庄园》和《权力的游戏》，但等不了一集集地追，出了 DVD 后才一口气不眠不休地看上几天。

那么吃饭时看的是什么？"喜剧中心"呀！这是唯一我能看得下的电视节目，香港在有线收费台三十八频道播放，出现最多的广告是警诫：观众得超过十六岁才能观赏。

除了"F"开头的音被删掉之外，什么生殖器、男的女的，都能够讲。粗俗吗？也不是，讽刺的内容任何题材或人物全部涉及，政治笑话更是多箩箩①，水准相当高，针针到肉，骂人骂得十分过瘾，当然也得有高度的知识水平才能领略，小孩子并不一定听得懂。

① 多箩箩，粤语，非常多。

《周六夜现场》——众星云集

此台的王牌节目是《周六夜现场》（*Saturday Night Live*），简称为 SNL。节目于一九七五年十月十一日在美国的 NBC（美国全国广播公司）首播，至今四十年仍屹立不倒，深入民心，不少美国人到了周末深夜坐定定②地等着观赏。

②坐定定，粤语，坐好，坐稳。

节目通常由名人来客串主持，包括明星、歌星、体育明星和政治人物，讲了一轮笑话之后便由几个中坚分子扮鬼扮马来搞笑，愈玩愈疯狂，简直到了不可收拾的地步。一小时的时间很快就过去，由歌星或乐队演奏一首，结束时大家在台上拥抱一番。

《周六夜现场》四十年来得奖无数，被《时代杂志》封为"一百个最佳节目之首"，但也遭到不少的审查和道德批判。全球的娱乐界人士争先恐后地想当客串主持，大明星不曾上过这个节目就无光彩。它的影响力之巨，吸引得政客也肯上台讽刺自己，包括希拉里·克林顿和当不成副总统的佩林，她们一次又一次地上台，希望得到亲民的印象。

不少无名小卒因为在这个节目上出现过而大红大紫，例子数之不尽，像 Eddie Murphy（艾迪·墨菲）、Bill Murray（比尔·默瑞）、Billy Crystal（比利·克里斯托）、Mike Myers（麦克·梅尔斯）、Adam Sandler（亚当·桑德勒）、Chris Rock（克里斯·洛克），以及最早的"蓝调兄弟"Belushi（贝鲁西）和 Aykroyd（艾克罗伊德），还不能忘记 Chevy Chase（切维·切斯）和 Jim Carrey（金·凯瑞），他们后来都成为好莱坞的巨星。

　　基本的演员换了又换，一批又一批地接班下去，当今的有肥胖的 Bobby Moynihan（鲍比·莫伊尼汉），是白人，Kenan Thompson（基南·汤普森）是黑人。小白脸 Colin Jost（科林·乔斯特）本来是写剧本的，后来加入，和黑人 Michael Che（迈克尔·彻）一起播搞笑的新闻环节，时常被一个世界上最丑的黑人女人 Leslie Jones（莱斯莉·琼斯）调戏，引他上床，简直是一个噩梦。

　　诸多谐星之中，我最爱看的是 Cecily Strong（塞西莉·斯特朗），真人长得甚美，身材又好，歌声一流，但她一直保持低调，不抢镜，怎么丑化她都不在乎，实在是位好演员。

　　这个节目的灵魂人物是 Lorne Michaels（洛恩·迈克尔斯），他身为总监，决定内容，选出角色，在娱乐圈中举足轻重。他人缘又好，什么人想上这节目都要打电话给他。女演员 Tina Fey（蒂娜·菲）说："是他提拔我的，没有人像他那样独具慧眼。他创造了一种影响我们人生的喜剧文化，没有人可以代替他。"

　　Tina 原本是这个节目的首席女编剧，她从幕后走到幕前，最后制作了自己的节目 30 Rock（《我为喜剧狂》）。在二〇〇五年，她每季的片酬是一百五十万美元，艾迪·墨菲当年主演一部片也要上千万美元了，Jim Carrey 的片酬也不止这些。

如果要看这节目的片段，视频媒体上有大把资源，关于奥巴马的视频也有。特朗普在节目中被丑化得多，后来干脆亲自上阵。

《司徒囧每日秀》&《艾伦秀》——看得过瘾

"喜剧中心"最多人看的还有讽刺新闻 *The Daily Show*（《司徒囧每日秀》），主持人是 Jon Stewart（乔恩·斯图尔特），连 Anne Hathaway（安妮·海瑟薇）也曾经暗恋过他。他的片酬高达每年三千万美元。他不只钱赚得多，声誉也好，主持过两届奥斯卡金像奖，但现在已不干了。

当今他的节目被一个叫 Trevor Noah（特雷弗·诺亚）的黑人代替主持，水准差得远了，相信不会做得长久。

另外还有很多搞笑节目，有的好有的差，但都能消磨时间。间中③也重播连串的喜剧，像 *The Ellen Show*（《艾伦秀》），艾伦也主持过奥斯卡金像奖，连奥巴马也要卖面子给她，很受欢迎。重播这种老节目的好处是，一天内连播七八集，让观众看得过瘾。

③间中，粤语，偶尔。

—— 谈光影，赏音乐，论文字 ——

不能忍受的——关掉电视机！

看"喜剧中心"的好处是没有商品广告，但得忍受这个台自身的宣传，播了又播，非常讨厌。通常我一看到这些宣传，即刻去回答微博上网友的问题。

另一讨厌的是为了填满时间，他们会联合新加坡的喜剧中心，由一些当地谐星出来表演，尽说些新加坡式英语，听得令人作呕，马上关掉电视机。

「开高健」

日本战败后出现了两个作家，大江健三郎和开高健，作风上有点像鲁迅和周作人，一位严肃，另一个轻松；前者当然被文坛捧起，随后得到诺贝尔文学奖，后者逐渐被遗忘。大江的书我看不下去，对开高健却有无限的兴趣。

作家

开高健最初是写小说的，《裸の王样》（《皇帝的新装》）写一青年画家画了一幅赤裸的武士拿着刀剑的画。作品参加画廊的绘画比赛，所有的画评人都加以指责，后来他们发现这青年的父亲是画廊的老板，就一个个静了下来，哭笑不得。

《恐慌》讲的是在一个小镇里发生了百年未遇的鼠疫，政府采取了愚蠢的政策对付——养一群黄鼠狼去吃掉老鼠，后来才知是当地官员和收卖黄鼠狼的人勾结，抓到老鼠又放掉，另一方面又去宣扬鼠疫的恐怖，引起慌张。这些事，好像在历史上不断地重演。

当年他的作品带点无政府主义，小说中的人物最后知道反叛不了，很忧郁地、无奈地生存下去。

开高健在二十八岁那年已得芥川奖，比大江得到还要早一年，当时他们两人都被誉为"日本文学的旗手"。在一九六〇年，三十岁的他和大江一起被毛泽东和周恩来接见。开高健对中国作家也很熟悉，最爱读老舍的小说，后来在香港听到老舍去世，写了一篇叫《玉碎》的小说来纪念他，后来这篇小说也得到了川端康成文学奖。

但是开高健的小说远不及他的散文精彩。他在二十三岁时加入了三得利宣传部，成为该集团出版的社内志《洋酒天国》的写手。我记得当年《洋酒天国》还是免费派送的，在各个餐厅可以拿到。他的作品，多数写的是旅行、美食和见闻，那时候还很少人写这方面的事，读得津津有味。

在二十世纪六十年代，他被《朝日新闻》派去采访越战，亲自上前线，和士兵们一起吃大锅饭。当年日本派出的记者有两百多名，生还的仅十几位，开高健是其中一个。返国后他致力反战运动，号召成立了"越南和平联合会"的组织。后来他又被派去巴黎参加反战活动。他一生跑遍四十三个国家，所记载的文字篇幅极多，是日本地位最高的旅行作家。

食神

也许是看尽了人间疾苦，他后来写的多是吃吃喝喝，也逐渐成为日本的"食神"。到底，那年代不是阿猫阿狗都能写饮食的，开高健甚受日本美食界尊敬，他每到一处，店家都拿最好的东西来请他评论。

我们去了福井，那边的螃蟹最为美味。到一家小餐厅去，吃他们最著名的招牌菜，就叫"开高丼"了。

那年他到访，第一天吃尽用螃蟹做的菜，什么刺身、白灼、烧烤、火锅等，称为"蟹尽"，是"吃尽螃蟹"的意思。到了第二晚，怎样让这位美食家满意呢？餐厅老板伤透了脑筋，"蟹尽"用的都是大只的雄蟹，那就用小只的雌蟹来做吧。雌蟹壳内充满了膏，用了八只，撕下肉和膏，铺在一个比洗脸盆小一点的容器中，下面有一层很薄的寿司饭。

一拿出来，客人都哇的一声叫出，大为赞叹，从此就将其命名为"开高丼"。现在去福井旅行还有得吃，店名叫"ふるさとの宿こばせ"。

态度

走遍日本的名川，开高健最迷恋的是钓鱼，经常钓到许多在清澈溪水中才能找到的鲇鱼。从一九七九年开始，他花了五年时间，从阿拉斯加纵贯美洲大陆，一路垂钓。他写过不少关于钓鱼乐趣的小品，就算是不喜欢这种活动的人看了也觉得趣味盎然。

一九八九年四月，开高健被诊断患了食道癌，后来又并发其他癌症，于十二月九日去世，享年五十八岁。在长寿的日本人之中，他算是死得早的。

开高健的文字豪放磊落，时带大阪"单口相声"的诙谐、滑稽、幽默，是很感性的。一般读者都认为他的题材信手拈来，写得轻松，其实他的写作态度严谨得惊人：四百字的稿纸，一个字一个字地写，要是写错了一个字或自觉不喜欢，就把整张稿纸扔掉，从头写过。这也是他做人的态度。

他从来不闭门造车，他不停地旅行，不断地与人交谈，又喜欢一切民间闲话、寓言、风俗小说、诗词和访问，都成为他的灵感来源。

很可惜，他的作品没有被翻译成其他国家的文字，日本的年轻人也一个个地忘记了他。不过，有心人还是有的。在神奈川还有一个"开高健纪念馆"，墙上挂着一尾他钓到的巨大鲑鱼标本，还收藏有很多他的钓鱼工具、照片及纪念奖状，有缘可到此一游。

ふるさとの宿こばせ

- 地址：916-0311　福井县丹生郡越前町梅浦 58-8
- 电话：+81778-37-0018
- 传真：+81778-37-1800

开高健纪念馆

- 地址：253-0054 神奈川县茅崎市东海岸南 6-6-64
- 电话：+81-467-87-0567

谈光影，赏音乐，论文字

「我的音乐修养」

我们一家人受父亲的影响，都会写点文章，至于音乐，却没有什么天分了。

苏家兄弟

但学文科的人，绘画、音乐、诗词、戏剧都要有些基本的认识。我在音乐这方面的修养，来自初中的同学。那年，同班有一位叫苏晋文的同学，和我最谈得来。他们一家来自印度尼西亚，父亲做加文烟生意。加文烟是一种树脂加矿物质，燃烧了发出香味的产品。阿拉伯人用一个小泥钵盛着加文烟碎片，点着了发烟时，把整个泥钵放进他们的长袍里，熏一会儿，汗味就消除了。这种烟新加坡至今还有得卖。

　　苏晋文的家在后港三条石，一条小路转进去，便能找到他们两层楼的巨宅。他家花园也很大，门口停着一辆红色的福特车，是一九五九年生产的 Custom（途睿欧），车头有个火箭头的设计，我记忆犹新。

　　每到周末，苏晋文就叫我们一班同学到他家去玩。他妈妈是位贤淑的主妇，会烧很多印度尼西亚菜给我们吃。记得他们家除了客厅、卧室之外，令我们羡慕的是有一间巨大的贮藏室，里面什么干货、罐头、汽水都齐全。我们时常从那里拿出一瓶瓶浓缩的红毛榴梿汁。红毛榴梿英文名叫 soursop，正式名是"刺果番荔枝"，兑了开水，加冰，喝起来酸酸甜甜的，印度尼西亚人最喜欢。

　　苏晋文有个弟弟叫苏耶文，后来也当了我们的同学。他们兄弟多，几位大哥都还没有娶妻，就喜欢在家里听音乐。唱片之中最多的是进行曲、华尔兹，我们听得最多的是意大利歌剧，当然只限于旋律，歌词唱些什么听不懂，喜欢便跟着哼罢了。

电影歌曲

马里奥·兰扎的电影一上演，我们就赶着去看，从中我们认识了更多的曲子，听久了，大家也会分辨他的歌喉永远是带着哭丧调子，不像 Enrico Caruso（恩里科·卡鲁索）的变化那么多。后来一接触到 Beniamino Gigli（贝尼亚米诺·吉里），才发觉他是浑为天籁的，完全发于自然的歌声，更加喜爱。当然，那时候还轮不到 Pavarotti（帕瓦罗蒂）、Domingo（多明戈）和 Carreras（卡雷拉斯）。

歌 剧

每个星期一回的聚会，因为对歌剧的狂热，变成两次三次了。大家也省吃俭用，把零用钱花在黑胶唱片上，放学后挤进唱片店，拼命找自己喜欢的歌手，从脍炙人口的歌听到较为冷门的去。

一套歌剧从头听到尾是较少的，那要买多少张唱片才能听得完？在三十三转还没有出现之前，黑胶唱片多数是由 His Master's Voice（主人之声）和 Columbia（哥伦比亚）生产的，唱片名贴纸多为紫色，烫金的字。

当然，唱片一播出 Verdi（威尔第）的 "Rigoletto"（《弄臣》）之 "La Donna è Mobile"（《女人善变》）时，大家都跟着大师们的歌声一起大鸣大叫。

一听到 Puccini（普契尼）的 "Turandot"（《图兰朵》）之 "Nessun Dorma"（《今夜无人入睡》），

大家马上像撕裂心胸那么哭丧着跟着唱。

没有人不喜欢《蝴蝶夫人》《阿伊达》《卡门》，但是很少人知道《跳蚤之歌》，由一个俄国怪杰 M.Mussorgsky（M. 穆索尔斯基）所作，歌词大意是一个国王和一只跳蚤做了朋友，叫裁缝替它穿金戴银，弄得宫廷大乱。这首歌 Leonid Kharitonov（列昂尼德·哈里托诺夫）唱得最动听，他会一面唱一面笑，各位可以在视频网站中找到，很值得欣赏。

进行曲

不听歌剧时，大家转到进行曲去。我向来不太接受一切与军事有关的东西，从小如此，但是进行曲也有些很经典的，歌剧中也有，像《爱儿伊达》中的《胜利进行曲》，《卡门》中的《斗牛士进行曲》，都好听得不得了。

Mendelssohn（门德尔松）的《婚礼进行曲》，和Henry Purcell（亨利·珀塞尔）作的《葬礼进行曲》一样，阴森森的。

说到进行曲，不能不提"进行曲之王"，那就是John Philip Sousa（约翰·菲力浦·苏萨）。他一生创作了一百三十六支进行曲，都很精彩。他在一八九六年欧游结束回美国时，在船上看到星星，想起故乡的条纹旗帜，作了"*The Stars and Stripes Forever*"（《星条旗永不落》），其实这是一首思乡曲。

Sousa的另外一首进行曲"*Washington Post*"（《华盛顿邮报进行曲》）是该报为了给儿童基金筹款请他写的，想不到也成为他的代表作。还有一曲为美国陆战队作的，叫"*Semper Fidelis*"，这是拉丁文，意思是永远效忠。

至于海军陆战队的进行曲，则以"*Marines' Hymn*"（《海军陆战队的赞歌》）最有名，雄赳赳的曲子，作者是一名叫Julia Ward Howe（朱丽娅·伍德·霍夫）的女子。

愈奏愈悲壮的是"*When Johnny Comes Marching Home*"（《当约翰尼迈步回家时》），一首一八九八年的进行曲，从美国南北战争时流传下来，表达战士们对家乡的怀念，由Patrick Gilmore（帕特里克·吉尔摩）作曲。

不可不提的当然还有"*The Bridge on the River Kwai*"（《桂河大桥进行曲》），由Elmer Bernstein（埃尔默·伯恩斯坦）作曲。

几乎所有进行曲都与战争有关，若不是被它们的旋律吸引，我是不会喜欢的。只有一首例外，那就是在新奥尔良的葬礼上演奏的"*When the Saints Go Marching in*"（《当圣人行进到达时》），本来应该悲伤的变为欢乐的。这是爵士音乐的精髓，我认为这是最伟大的进行曲。

「爵士乐的邂逅」

对音乐的认识，完全是皮毛，一生中能够邂逅爵士乐，是一件非常幸福的事。

爵士乐把悲哀化成快乐，爵士乐不遵守规律，爵士乐令人沉醉在一个思想开放的宇宙里面。

我必须事先声明，对于太过深奥的爵士乐，我不理解，也不享受，我只会听一些脍炙人口的，像"*Take Five*"（《五拍子》）之类的，都是通俗的、不装模作样的。

高音萨克斯管

听古典、歌剧、进行曲之余，认识了一位叫黄寿森的青年。他从小父母离异，成长在一个孤独的单亲家庭，埋头在书本和音乐之中。他自小已精通多国语言，只是少了中文的修养，这一点倒是他佩服我的。

我们一起逃学、旅行、学习，开始品红酒、抽大雪茄，每天在戏院里度过。喜欢爵士乐也是从他的指导开始，一下子跳进 Tenor Saxophone（高音萨克斯管）的世界里，陶醉在那声调沉重的音乐之中。

当然要经过 Charlie Parker（查理·帕克）、John Coltrane（约翰·柯川）、Lester Young（莱斯特·杨）、Stan Getz（斯坦·盖茨）那几位大师，他们像绘画中的素描基础，但听多了，会把自己闷死在胡同里。

中音萨克斯管

从 Tenor Saxophone 跳出来，走进 Baritone Saxophone（中音萨克斯管），就把自己释放了出来，最欣赏的当然是 Gerry Mulligan（杰瑞·穆勒根）了。在二十世纪六十年代，他的爵士乐风靡了整个欧洲，尤其是法国，人们简直奉他为"爵士乐之神"。

一听到 Gerry Mulligan 的爵士乐，我便不能自拔了。他的 "*My Funny Valentine*"（《我有趣的情人》）、"*Prelude in E Minor*"（《E 小调前奏曲》）、"*Lullaby of the Leaves*"（《树叶摇篮曲》）都能令人一听再听，百听不厌。

喜欢 Gerry Mulligan 的话，一定会爱上小喇叭手 Miles Davis（迈尔斯·戴维斯），两人奏的 "*My Funny Valentine*" 风格完全不同。Davis 的经典曲子还有 "*Now's the Time*"（《就是现在》）、"*Bye Bye Blackbird*"（《再见，黑鸟》）、"*So What*"（《那又怎样》）、"*Summertime*"（《夏日》），都令人听出耳油。

即兴

爵士乐中的所谓"自由"，也就是乐手们的"即兴"。同一个主题，到了一半，思想就可以飞到别处，再回来或者不回来都可以，这由 Miles Davis 的 "*My Funny Valentine*" 中可以引证出来。他只是头一句，重复一句之后，就依照自己的喜欢去到另一个世界、另一个宇宙。在那个方圆中，我们又可以听到演奏者对主题的思念，有时是那么一丁点，有时整首贡献出来，总之会回到主题的怀抱。这就是爵士乐了。

舞台

在二十世纪六十年代尾的东京，年轻人会跟着电视大唱流行曲，但略有一点思想的，都欣赏爵士乐，故东京出现了不少听爵士乐的地方。也不一定是酒吧，因为大家没有经济条件喝酒，人们去的是爵士乐吃茶店。店中的壁柜里摆满了爵士乐黑胶唱片。日本人疯狂起来，收集的是一个个的宝藏，要听哪一类的爵士乐都有。

喜欢上了，年轻人会去学习演奏，当然不是个个都能成为大师。半途出家的也有机会表演，舞台就是这些爵士乐吃茶店或酒吧了。当然他们是不计报酬的，不过老板们总会识趣地包了红包偷偷装进他们的大衣，露出信封的一角。

客人可乐了，以一杯酒的价钱就能听到真人表演的爵士乐。他们闭上眼睛，跟着拍子，用手轻轻地拍着他们的牛仔裤，听到入神，会喊出一声"好"或"哎"或"劲"，和听京剧的戏迷一样。

那时候我们去得最多的是一家叫"La Jetee"（堤）的爵士乐吧。店名来自一部短片，一九六二年由 Chris

Marker（克里斯·马克）导演的，整部戏由一张张的硬照组成，看上数十次之后，便会发现只有其中一张照片会动一下。

我们在那里不知度过了多少寒冷的晚上，因为店里的暖气不足。店里墙壁上贴的尽是这部戏的剧照，客人只能喝酒喝到醉了。

我们

一首又一首的 Gerry Mulligan 和 Miles Davis 播完又播，已是深夜一两点，到了打烊时间。客人纷纷披上厚厚的大衣，戴上长长的围巾，踏着雪回去。

但酒意未消，又因 La Jetee 位于新宿御苑附近，虽然这个市内的国立公园已经关了门，但我们年轻，什么都做得出。翻过围墙，我们进入了公园。

公园内白茫茫的一片，大雪纷飞，已经不知东南西北。我们欢呼，让回音带着我们到处走。我的女朋友穿着绿颜色的大衣，她的长发在狂舞中飞扬起来。

她是个诗人，Chris Marker 为她近乎疯狂的行径深深着迷，请她当女主角，拍了一部叫《久美子的秘密》(*Le Mystère Koumiko*) 的电影。

　　Miles Davis 在舞台上鞠了一个躬，这时轮到唱怨曲 Blues（蓝调）的歌者一位位出场，Billie Holiday（比莉·荷莉戴）、Janis Joplin（詹尼斯·乔普林）、Pearl Bailey（珀尔·贝利），她们离开家乡，她们苦诉情郎的离去，她们空守闺房。最痛苦的，是年华的逝去，但是，她们看到了曙光，因为她们还有爵士乐陪伴……

外面的世界

「我住亚皆老街的日子」

当年我从"邵氏"辞职出来，前路茫茫，第一件事当然是到外面找房子住。

先决定住哪一个区。很奇怪地，我们这些住惯九龙的人，一生都会住在九龙。清水湾人烟稀少，与之对比强烈的，唯有旺角。我便去附近地产物业铺看出租广告，见亚皆老街 100 号有公寓出租，租金合理，即刻落定①。

①落定，粤语，付定金。

这是一座十层楼的老大厦，我搬了进去，也没想怎么装修。"邵氏"漆工部的同事好心，派一组人花一整天替我把墙壁翻新了。我也没买什么家具。之前在日本买的那几叠榻榻米还不算残旧，将它们铺在地板上，就开始了新生活。

最喜欢逛的旺角街市

好奇心重是我的优点。我每到一处，必把生活环境摸得清清楚楚。安定下来后，一有时间我便往外跑。旺角真旺，什么都有。

最喜欢逛的当然是旺角街市。从家里出去几步路就到，每一档卖菜和卖肉的我都仔细观察，选货品最新鲜的，从此常常光顾，不换别家。一定要和小贩成为好友，这样他们有什么好的都会留给你。

街市的顶层一向有熟食档，早餐就在粥铺解决，因为我看到他们是怎样煲粥的：用的是一个铜锅。用铜锅来煲粥，依照传统，不会差到哪里去。

另一档吃粥的，在太平道路口，是一家人开的。广东太太每天一早就开始煮粥底，用的是一大块一大块的猪骨，有熟客来到，就免费奉送一块，喜欢啃骨的人大喜。因邻近街市，这里每天都有猪肠等新鲜的内脏。这家人的及第粥做得一流，生意滔滔，忙起来时，先生便会出来帮手[2]。

②帮手，粤语，帮忙。

广东太太嫁的是一位上海先生，他在卖粥的小档口旁边开了一家很小很小的裁缝店，相信手艺不错。只是，我当年还不懂得欣赏长衫，没机会让他表演一下。

外面的世界

老街里的豪杰

在亚皆老街的转角处，开了档牛杂，一走过就能闻到香喷喷的味道。这档牛杂很受路人欢迎，价钱也非常公道。当年，我已经开始卖文，在《东方日报》的副刊《龙门阵》写稿。诸多专栏作者中，我最喜欢一位叫萧铜的前辈，他的文字极为简洁，有什么写什么，像"去到小食肆，喝酒，原来啤酒是热的，照喝"……

后来我才发现，看他的文章那么多年，不知不觉受了影响，有时自己也想到什么就写什么，什么时候停止，什么时候开始，什么时候断句，都很自然，而且愈自然愈好。

萧铜先生其实大有来头，曾在上海相当有名望，太太是明星，女儿也是演员。和上海妻子离婚后，他娶了一个广东太太，他称她为"广东婆"。在他的文章里，"广东婆"经常出现，也是他的生活点滴。

我最爱和萧铜先生在牛杂店里饮两杯。那时我的酒量不错，我们两个喝酒的人都不加冰或其他饮料，有什么喝什么。我也是那时才学会喝"二锅头"的。我们用竹签插着牛杂下酒，直至店铺打烊为止。

亚皆老街 100 号的大厦里，我的同一层楼中也住了另一位电影人，后来我进了嘉禾，我们才认识。他便是导演张之珏。那时，他还是个跟班，整天和洪金宝那组人混在一起。

这座大厦有部古老的电梯，有道木头的拉门，拉门关上了才另有一扇铁闸。赶时间没好好打过招呼的是缪佶人，她是鼎鼎大名的缪骞人的姐姐，真是一位女中豪杰。她是制作高手，电影、电视、广告等，无一不精通。她性格极为豪爽，粗口"一出成章"，尤其爱打麻将，玩时"妈妈声"地说话，男人都没有她讲得那么传神。缪佶人做过空中小姐，后来她不断去旅行，到过天涯海角。我对她十分敬仰，不知道她现在跑到哪里去了，已多年不见了。

道

在亚皆老街的横路上有条胜利道，这里好吃的东西最多了。"老夏铭记"就在胜利道上，他们的鱼蛋和鱼饼让人一吃上瘾，就算我后来搬走，也经常回去买来吃。再后来，"老夏铭记"因胜利道租金太高而迁移到旺角差馆附近继续营业，直到店主最后不做，享清福去了。

后来，胜利道的店铺陆续转为宠物店，愈开愈多。有了宠物店当然有宠物美容铺，也一定有宠物医院。每次经过这里，看到主人抱着病狗，忧心如焚地等待报告时，我都心中暗咒："对你们的父母，有那么好吗？"

说回太平道。以前有家粤菜馆，名字我忘记了，是香港第一家走高级路线的。他们用的碗碟是一整套的米通青花，要是保存到现在，也是价值不菲的古董了。张彻和工作人员吃饭，最喜欢到那里去。

由太平道转入，便是自由道。狄龙很会投资，在清水湾道买了一间巨宅，就在李翰祥家的隔壁。他在太平道也有间公寓，我时常遇到他们夫妇俩。

另一边是梭桠道。那里有个小街市，卖鸡、卖鱼，也有档很不错的肠粉铺。在那里，我第一次见到布拉肠粉的制作过程，看得津津有味。

太平道边的火车天桥底下，本来有多个水果摊，后来它们被迫搬走了。记得有一档的水果，价钱总比其他档的便宜，客人便挤着去买。后来得知，原来那七八档，都是同一个老板。

惆怅

今天怀旧，又到亚皆老街附近走一圈。前文提到的店铺和食肆都已不见了，只剩下梭桠道转角的加油站还在。旧居亚皆老街 100 号，也换了道不锈钢铁闸。里面住了些什么人呢？探头望去，见不到住客，有点惆怅。

「在全世界坐的士」

第一次到香港是二十世纪六十年代，那时候的天星码头排成一列的的士，竟然是被认为高级车的奔驰！我感到十分诧异，来香港可以乘名车当的士，多么快乐。

随时代的变迁，代之的几乎是清一色的日本车，有些为了便宜，还用天然气运行。

日本

到了日本，更是通街①的日本车的士，有大小之分，小的当然便宜一点。

①通街，粤语，满街。

二十世纪七十年代，在日本根本叫不到的士。那时日本经济起飞，大家都肯花钱。晚上在银座或六本木叫车，要伸出一至三根手指，表示肯花这个倍数的车钱，的士大佬才会把车子停下。

经济泡沫一爆，二十多年，日本的经济没有起色，曾经的奢侈遭到了报应。的士行业更是付出了惨重代价，街头巷尾一堆堆的空车，就算长途减价，也没有人坐。所以，一个国家的兴盛与衰弱，看其都市的的士有没有人抢就知道，这个指标最为明显。

伦敦

永远一枝独秀的是伦敦的士。他们从十七世纪开始有马车的士，现代化之后改为黑颜色、又笨又大的汽车的士。依照马车年代的传统，乘客未上车之前，要先在街边向司机交代要去哪里；如果你跳上车才讲目的地，那你一定是一个游客。

伦敦的士最初用的是Austin（奥斯汀）厂制造的。这种老到掉牙的款式，当今已变成博物馆展品，有钱人纷纷买一辆来收藏，记得歌星罗文当年也拥有过一辆漆成粉红色的。

伦敦的士的乘价，可以说是全世界最高的了，没有必要的话无人乘坐。我们这些游客是例外，在伦敦坐的士是一种乐趣和经验。司机永远是一位所有路线都熟悉的人，他们得经过考试又考试，从不会失手，也没见过他们用GPS导航。

纽约

在优雅的年代，的士一定是愈大愈有气派。伦敦的的士用黑色，纽约的则用黄色，不叫 taxi（的士），通常以"yellow cab"（黄色车辆）称之。

从前，纽约的的士司机对路也熟，而且非常健谈，时常讲些黄色笑话给乘客听。曾经有人将这些笑话结集成书，出版了好几册。

经济转好后，意大利裔或犹太裔美国人已不当的士司机了。开的士和开杂货店一样，都交给新移民去做。在没有卫星导航的年代，走错路是家常便饭；当今有了导航，照样走错。

纽约的的士司机一向希望得到打赏，故小费不可少。有位富豪的太太初到纽约，没有零钱，只在袋中找到了一个铜币。司机收到后大声叫喊："这个女士给了我一毫子！"

说完，他把那个钱币交还给那位太太："你留着吧，你需要它，多过我需要它。"

巴黎

巴黎和伦敦一样，也是最早有的士的都市之一，乘价也非常之高，但就算有钱赚，法国人也渐渐不肯干这辛苦的工作了。你不搏命我搏命，新移民，如越南人早做晚做，赚到满钵。政府怕他们过度疲劳，对交通造成危害，就用运行时间来控制他们。所以，你在巴黎看到的的士，后面一定有个电子时钟，司机若超时工作，一旦被抓到，执照即刻被吊销。

罗马

罗马的的士司机最不守规则了，开着车在街头乱窜。他们的话也多，讲个不停，不管你听不听得懂意大利语。绕路的情形也多，尤其是来自那不勒斯的司机。那边的司机什么坏事都做，带你绕远路已算客气的了。

墨西哥

说到暴走，墨西哥城的的士司机称第二，没人敢称第一。他们简直当自己是飞车手，横冲直撞，用的又是甲壳虫车，墨西哥人自己制造的，不如德国造的那么坚硬，一年要撞死好多人。而且，在那么热的天气之下，这些甲壳虫车却多数没有冷气，热得要命。在其他国家，旧款的甲壳虫车已是收藏的对象，大家都说要找零配件很难。那么，去墨西哥吧，那边通街都是甲壳虫车。

西班牙

西班牙的的士司机也有话多的毛病，一上车，他们就滔滔不绝地说东道西。不过很奇怪，西班牙人老实，我在那边住了一年，从没有遇到会绕远路的。当年，老旧的汽车居多，车子坏了，司机也从来不会将它送到车房去修理。这辆的士是他的坐骑，不当车，而当马；马病了，主人自己医治，不送医院。

中国内地

在中国内地的各大城市，一跳上车，就看到司机戒备森严，驾驶座后面有铁栏杆，又有很厚的透明塑料片来防卫，这是遇到坏事多了之后的结果。但也得看城市，像无锡，大家都很斯文，而且女的士司机居多。这是一个很奇妙的现象，不知当今有没有改变？

幸福

能够上街一招手就有的士停下，是件幸福的事，只有在大都市才可以。有些大都市例外，像洛杉矶，怎么看也看不到一辆的士，不提早打电话订，根本没有办法找到，有时打了电话也没车。像胡金铨住在洛杉矶，驾车拿衣服到城中去洗，出来时车子坏了，怎么叫车都不来，最后只有向郑佩佩求救，她从一两小时车程之外的地方驾车来送他回家。

我们住在香港最幸福了。如果要移居别的城市，我看我只能选纽约或伦敦，理由很简单，那边叫得到的士。

「新巴刹」

　　巴刹，是从中东语"bazaar"翻译过来的，指市集，在南洋是"菜市场"的意思。

　　新加坡从前有三个大巴刹：老巴刹、铁巴刹和新巴刹。母亲带我去得最多的是新巴刹，现在提起，好像又闻到很多复杂的味道：蔬菜味、药味和书香。闻到书香是因为有位同乡，姓吴，在那里开了一家"潮州书局"。妈妈当校长时，放学后常常去采购一些文具。我就乖乖地在书店一角看书，从儿童书看起，到杂文、小说和其他翻译文学书籍，什么都看，一拿上手就放不下。

　　吴老板甚爱国，回国之后，把书店留给了他的外甥。我们照去光顾，事情办完，就顺便买菜回家。

送粥的小菜

新巴刹里印象最深的是一个可以买到"咸酸甜"的摊位。什么叫"咸酸甜"？就是潮州的一些送粥的小菜。新巴刹一带住的都是潮州人，当然也把潮州的饮食习惯从中国搬了过来。当时潮州人穷，也老远地过番①到南洋来谋生。人一穷，吃不起饭，唯有吃粥；而吃粥需要一些很咸的东西来送。吃一点点"咸酸甜"就可以送很多粥，钱就省下来了。

①过番，闽粤方言，旧时广东、福建一带的人称到南洋谋生为"过番"。

"咸酸甜"虽然便宜，花样可真多。首先是"钱螺鲑"，这个"鲑"字正字是"醓"，它是用"小螺"腌制而成的。小螺也就是宁波人说的黄泥螺，不过潮州的壳薄，不会吃的人容易一下子咬破。应该将舌尖卷起，把螺肉吸进口，但要把螺的内脏留在壳里，其他的全部吃下。潮州的小螺肉也比黄泥螺的软，不会起渣。

宁波和潮州两个地方都沿海，都穷，下粥的小菜有很多相同的地方。宁波人腌制的小蟛蜞，潮州也有。蟛蜞形状和普通螃蟹不一样，更像大闸蟹，不过是迷你版的。剥开壳，里面有很多膏。铜板大的那么一小只蟛蜞，膏当然也极有限，但只要那么一吸，一小口膏的香味就极为浓厚，一下子就能送一大碗粥。

我对乌榄也记得很清楚。和西洋榄不同，乌榄非圆形，而是两头尖，核亦然；核里面有仁，极香。乌榄要用盐水煮过再腌制，腌制的时间和过程要控制得极准，否则不是太硬就是太烂。腌制得好的乌榄，有奇特的香味。从前都不介意什么卫生不卫生的，自从有人吃出毛病来，我就很少去碰乌榄了。偶尔在香港九龙城看到也不敢去试，非常怀念。明天就去买回来吃，管他拉不拉肚子！

你说的乌榄不就是黑榄菜吗？当今各杂货店都有得卖呀！不同，不同。黑榄菜是用黄绿颜色的青榄加重盐腌制而成的。从前，香港上环潮州巷有一家店做得最好，当今已找不到，现在市面上的都是大路货。偶尔，香港九龙城的"潮发"杂货店也会自己做，如果你买回来试，便会发现有一股黑松露味。乌榄和黑榄菜两种食材，价钱相差十万八千里，只有吃不吃得惯、感不感到珍贵的差异而已。

还有深绿色的黄麻叶。那是将黄麻的嫩叶用滚水煮过，再加腌过咸酸菜的汁浸泡而成的。这种汁含有多种氨基酸和酒石酸，浸过它之后黄麻叶会有很可口的风味。通常把浸好的黄麻叶买回家后用蒜油炒它一炒，再加点普宁豆酱就能当小菜了。吃不惯的人不觉得有什么。我在香港九龙城一看到，就会向朋友说这是大麻的叶子，大家一好奇，就会去试，但其实吃完不会产生什么幻觉。

再讲下去，三天三夜也说不完。我早年去潮州，发觉

在酒店吃早餐时送粥的小食只有十来种，心有不甘，自己
到菜市场去采购，结果买了一百碟，排起来吃"糜阵"。
这种"糜阵"至今还被张新民等人当成宴请外宾的一种
形式。

甲鱼大王

再说回新巴刹。走到前头，那里从前还有家演大戏的
剧院，名叫"梨园"，现在已没有人会记得了。"潮剧"
已没落，这家剧院已改为一幢商场。

在那里，经常会遇到我家的一位远房亲戚，他也姓蔡，
肚皮巨大，腰间有条很粗的皮带。皮带上有几个长方形的
小钱袋，可以把一生积蓄藏在身上。这条皮带非常精美，
如果留到当今，定会成为一件艺术品。倘若缠着它到外国
去，一定被洋人投以羡慕的眼光。

这位亲戚是个"甲鱼大王"，他有队伍在马来西亚专
抓野生甲鱼。他时常把最大的甲鱼拿来给我妈妈做菜。当
年不认为野生大甲鱼有什么特别，现在可以当宝了。

他有一个儿子，叫照枝，我们一直叫他照枝兄。他可
是位风流人物，手里一有钱就去蒲[2]酒吧，后来生意转淡，
他跑去驾的士，一连娶了两个老婆，还照蒲酒吧。

②蒲，粤语，（多
指在夜间）外出流
连，消遣行乐。

同济医院

从"潮州书局"再向前走，大路边就是"同济医院"。这是南洋最早的慈善机构，免费为人看病，但抓药得到后面那条街的"杏生堂"。

我小时候也老生病。记得那时药是一帖帖买的，不像当今一开七八帖。那时都是用"玉扣纸"包着草药，外面用水草打一个十字结，药方折叠成长条绑在水草上，颇有艺术品的感觉。

"同济医院"旁边的小吃摊最多了，出名的是一家卖卤鹅的。与其他潮州酒家不同，他家用的汁味浓，卤出来的鹅肉黑漆漆的，但香气扑鼻，肉亦柔软，充满甜汁。也有一两档卖炒蚝烙的，还有榨甘蔗汁的。

不去也罢

近来常梦到新巴刹，于是再去寻访，却只剩下"同济医院"这座老建筑被当古迹保存了下来，其他的都被夷为平地，起了高楼大厦。

此新加坡，已经不是我的新加坡。除了拜祭父母，不去也罢。没有什么值得怀念的了。

「生活在巴厘岛上」

　　儿时，家中摆着一个木刻雕像，雕的是个男人，耳边插了一朵大花，做工精细得不得了。木头又好，摩挲之后发出光泽，令我印象颇深。

　　问来源。爸爸说是游巴厘岛顺手带回的，不值钱，巴厘岛通街都是。

　　"为什么男人也插花？"

　　"巴厘岛的女人耕田、做家务，她的丈夫游手好闲，整天只懂得斗鸡，但是很有艺术性。他在田里挖到一块泥就做起雕塑来，干了成为石像。女人非常欣赏，就将一朵花插在他的耳旁。"爸爸解释。

　　天下竟有这种事？

长大后去巴厘岛玩，发现爸爸没有骗我。踏入巴厘岛后，就像进入了艺术世界。

登巴萨

一般游客可能感受不到这种气氛，因为他们坐飞机抵达的机场，就在 Denpasar（登巴萨）地区，这是个最没有情趣的地方。这里道路崎岖，两旁都是酒店，充满廉价的水疗馆，旅游区中卖的东西也是大路货，但它始终是巴厘岛的中心点。在酒店下榻后，到远一点的地区，才能找到真正的巴厘岛。

选酒店很重要。如果找的大集团经营的，那就会房间间间相同，与住马尔代夫或普吉岛没有分别。若酒店服务人员太繁忙，招呼又差，那对这个美丽的小岛的印象就更坏了。

看你的预算如何，在网上仔细寻找，小巧玲珑的酒店不少。印尼货币的几十万、几百万，其实兑换成人民币是很少的。安顿下来后，就可以到 Denpasar 附近的名胜走走。浪很大的海滩虽美，但海水已被污染，看了倒胃口。

必去的是海龙王庙，买票进入后，一路是猴子，会抢东西吃。千万别展示你那包薯片，否则后果不堪设想。小路走到尽头，有一停留处，供应紫色的沙龙，男男女女都得包上一条，是这里必须遵从的传统。如果嫌太热不想包的话，在手腕上系上一条黄巾亦可。

海龙王庙处于悬崖上，景观甚为壮观，白色的大浪冲岸，给人留下深刻的印象。这也是 Denpasar 唯一不变的风景吧？其他的，商业化得很。

有些比较干净的海边，已被富豪们包下，进入得付数十美元，但也和世界上的知名沙滩一样，不只风景相同，连游客也长得差不多。

乌布

一脱离 Denpasar 区，到处可见大型的塑像，有的是宗教中的人物，有的是奇禽异兽，颇为宏伟。这些在巴厘岛匠人看来，只是雕虫小技。最常见的是个半人半猴、青面獠牙的怪兽，这是印度教中出名的 Hanuman（哈奴曼），泰国、柬埔寨、老挝等国也朝拜此神。

一直往巴厘岛的中心走，沿途可看到美丽的梯田。通常，梯田是依山而筑的，这里的却往下挖。梯田嘛，为什么不可以走下去而非得往山上爬？合理得很。

愈接近 Ubud（乌布）区，愈感到艺术的气氛的浓厚。木刻的、石雕的、染布的、塑玻璃的，不只是整条街，而是全村的人，都做同样的创作。他们日出而作，日落而息，不觉辛苦。每天刻一块木头，雕呀，雕呀，一件艺术品就产生了。平凡的工匠依照传统抄袭，差不到哪里去；偶尔出现一位杰出的，就把想象力发展到无限，做出令人叹为观止的作品。若想购买，也是一般人都有能力负担的价钱。

一个千年的树根，锯为桌面，铺上玻璃，就是一件又美观又值得收藏的家具；一块大岩石，挖一个洞，磨平了，就能当最漂亮的浴缸。

付不起的，是那搬运费。

贫乏的饮食

来了巴厘岛，会爱上这个地方。在一个沙滩中，可买到蓝色的奄列。这是一种用有迷幻作用的草菇加上鸡蛋做出来的美食，可令人飘飘欲仙地过一个懒洋洋的下午。

许多欧洲人询问一下，得知这里的房屋竟然如此便宜，就干脆买下一间，把能找到的艺术品全部搬进去，又廉价地请了七八个家庭助理，过着一生想象不到的悠闲生活。如果认识对路的朋友，让你住个一个月半个月，的确是无上的享受。

　　一切俱备，就是吃的方面差了些。巴厘岛人的精神生活丰富，就不去管饮食了，这方面可以说是极为贫乏的。

　　印尼菜不是很美味吗？但巴厘岛的不同，名餐厅卖的什么"污糟鸭"之类的，绝比不上我们的烧鹅。去最著名的烤猪店一试，皮一点也不脆，硬得要命。

　　烹调也得靠原料呀，到岛上最大的菜市场走一圈，蔬菜枯黄、肉不新鲜、水果糜烂。一向每到一个地方到菜市场一看，就能感到那里的活力；但在巴厘岛，只感到沮丧。

　　不过巴厘岛还是值得去的，当今有家 BVLGARI（宝格丽）的酒店，非常别致，西餐发展得不错。如果要在岛上长居，那么带一个中国厨子去吧。在海边可以找到刚捕捉到的鱼虾，再弄块地，自己种种蔬菜和水果，一定吃得好。再不然，从苏门答腊或爪哇大岛上请一队会烧真正印尼菜的厨娘，也没几个钱呀！

「重新发现福井」

"你去了日本那么多地方，最喜欢哪里？"常有人那么问我。

北海道我最熟悉，当然喜爱。山形县也好，乘着小船看最上川春夏秋冬各不同的风景，又有美酒"十四代"喝，真不错。夏天最好的地方当然是冈山，有肥满得流出甜汁的水蜜桃，入住的那家酒店对面有河流穿过，岸边喷出温泉，男女老幼都赤条条地浸着，晚上享受老板娘特制的鲇鱼面酱汤，真是乐不思蜀。还有，还有……

住福井

但说到最喜爱，最后还是选中了福井，别和有核电站的福岛混淆。去福井，可从上海、首尔直飞小松机场，再乘几个小时的车就抵达；由香港去，飞大阪最近，再坐一辆很舒服的火车叫 Thunderbird（"雷鸟号"）的，两小时抵达，旅馆会派车相迎。

我已经去了多次了，和"芳泉"旅馆的老板和老板娘都混得很熟。"芳泉"的好处在于那二十八间房，每间房都有自己的温泉。当然，要去大浴室也行，不过若想多浸几次，还是一起身就跳进房间里的露天风吕①好；吃完晚饭睡觉之前，照浸不误；每天加上去大浴室，浸个四五次才能叫够本。

①风吕，日语，浴池。

吃福井

如果只有一两个人去的话，那么去海边的那家"望洋楼"最舒服。只有七八间房，吃的是一流的螃蟹。说到螃蟹，福井的"越前蟹"一试难忘，不是其他地区的可以比的，也只有在福井才吃得到，一运到外面就瘦了。

肥大的蟹钳，吃生的，专家们才能切出花纹来，蘸点酱油吃进口，啊，那种香甜，不是文字形容得出的。

另外的刺身有福井独有的"三国虾"，生吃一点也不腥，甜得要命，也从来不运出口。另一种样子难看、色泽不鲜艳的虾，比三国虾更甜，只有老饕才懂得欣赏，在香港和东京的寿司店从来没见过。

介绍了殳俏去，她可以证实福井的蟹和虾的美味，还在她那本《悦食》杂志中大篇幅介绍。推荐过多位友人去，也都大赞。

螃蟹有季节性，每年从十一月到翌年二月才不是休渔期。甜虾则全年供应。

其他时期去福井也有大把好东西吃。他们酿的酒"梵"是我喝过最好的之一，继"十四代"之后，应该会最受欢迎。我今年也许会组织另一团，专门去喝这个牌子的清酒，因为和当地人混熟了，酒厂会特别为我开放参观。通常参观出名的酒厂也买不到好的酒，"梵"会特别为我安排，让大家大批买回来。除了"梵"，福井还有数不尽的酒庄让你试喝个不停。

四季福井

到了春天，福井山明水秀。有一棵树龄三百七十年的垂樱，巨大无比，生长在"足羽神社"，见证历史的变迁。看完了这棵树，继而在"樱花大道"散步。"樱花大道"

全长二点二千米，是樱花森林，也是日本首屈一指的赏樱地点，到了晚上灯光照耀，让你宛如置身梦境。

夏天有盛大的烟花表演；还有"越前朝仓战国祭"，重现了火绳枪的射击。

春天是海产最丰富的季节。夏天有竹荚鱼和海螺，另有三大珍味之一的腌制海胆。要吃生的，海胆夏天也解禁了。从小生长在福井的人，据说是吃不惯其他地方的鱼的。

京都、金泽的枫叶美丽，福井的也不逊色。"养浩馆庭园"是江户时代福井藩主松平家的别墅，秋天时满山是金黄的红叶，如诗如画。

回到冬天，白雪覆盖。古时代的福井被大雪封路，断绝了所有交通，但人民在逆境中求生，家家户户都开始做金丝眼镜，造就了近代的福井。日本全国有九十巴仙[2]的眼镜都是在福井制造的，其他国家的名牌货也多数在这里加工。眼镜业的发达，令眼镜度数的检测也非常精准，在这里配上一副，你会发现看东西清晰得多了。他们最近还出了最轻巧的眼镜框，称为纸一般轻的"纸眼镜"。

②巴仙，东南亚一带的华人用语，英语percent的音译，即"百分之"。

最幸福

大自然、历史、人文，映照成人民的幸福。福井名副其实是日本最幸福的县，教育水平也一直是日本首位，所有居民都彬彬有礼，到了当地就能感受得到。

在福井火车站附近，还可以找到藤野严九郎的故居。此君是谁？他是鲁迅先生的老师。中国浙江省绍兴市也和福井县芦原市结成友好城市，鲁迅也有著作提到藤野严九郎，鲁迅的儿子也写过这段友谊。

仔细游福井，还会发现不少好去处。这也是发现恐龙骨最多的地方，有间恐龙馆让儿童参观。年纪大的如果不感兴趣，那么可以推荐一个叫"白山平泉寺"的地方去散散步。

"平泉寺"也叫"苔寺"，古木参天之下，满地的青苔，人们称之为"青蓝地毯"。除冬天外，这里都是一整片的绿色，树影倒映的水池也是绿色的，还有绿色的台阶，让你一步步地踏上去，禅意盎然。

当一个地方去完再去，你便会发现再发现这个地方的好处。除上述的，福井可以参观的还有制造"和纸"、陶瓷器的工厂。福井的漆器也是闻名的，日本人到那里总会带一双漆筷子回家；玻璃业也发达；另外，还可以看武士刀的铸制。吃的方面，更有肥美的河豚、荞麦面和很甜的番薯。

如果说不丹是人民最幸福的国家，那么日本福井就是游客最幸福的地方。福井不会让你失望！

「大阪商人」

京都是日本从前的政治与文化的中心，但自古以来，做生意做得最厉害的，是它旁边的大阪。

而商人这个阶级，是当时社会上中低级的。他们永远向别人低头摆尾，口出谀言，也只有扮成这样，才能生存得下去。别人明明知道这个笑容是假的，也接受了下来，这是大阪商人的面具。大阪商人像个无表情的能剧演员，别人只能在木头面具中偷窥他们的喜怒哀乐。

但一般人怎么会去与这些"低等动物"交往？理由很简单，我们得向他们买东西呀。

终生的朋友

昔时，商店只在大阪的繁华街道中看得到。旅行不发达的当年，你不能来店里，商人就把店搬到你们家里去：他们将应有尽有的货物打成包袱，背在身上到府上敲门。

每个季节，他们总是定期而来，来时送点小礼物，不管你买或不买他们的货物。如果他们身上没有你要的东西，只要交代一句，他们就会千方百计地为你找到，不从中取利。

大阪商人要让你做他们终生的朋友，也可以说要赚你一辈子的钱，这是他们的精神。

西川

从历史小说和电影中，我知道有这样的人物存在，但从来没有见过。当今的购物只限于百货公司、繁华街道上的商铺，或住处附近的便利店。

大概在二十年前吧，在心斋桥，我很偶然地走进一家卖寝具的铺子，叫"西川"，买了一个枕头，而招呼我的，正是店长川端先生。

只是买了一个枕头罢了，川端仍然仔细地向我介绍他店里的货物，并讲解他们店的历史。

"西川的总店开在京都，大阪的是分行。"他说。

"开了多少年？"

"好几百年了。"川端回答的年数模糊，因为他知道我们不是历史研究家，所以不必详述来浪费客人的时间。

"在京都，这种百年老店很多吧？有没有几百家？"

他摇头。几十？也摇头。十几？他点头了，笑着补充："餐厅除外。"

"还有什么新产品？"

"新的不多，老的只有一件，那就是我们卖的已不是货物，是种精神，我们卖日本人追求的优质生活：与睡觉和出浴有关的，像床、枕头、被单、套子、睡衣、浴袍、坐垫等等，都是日本产的。而外国制作的，只要是最好、最高级的，西川也都卖。"

"为什么你们只卖最好的呢？便宜又合用，不就行吗？为什么要花那么多钱？"

"也行。"川端说，"活得一天比一天更好，是人类的基本要求。一般的货物别的商店中可以找到，但有一天你追求更好一点的，只要看过我们的东西一次，就永远会记得。"

而我记得的，是一床被，用的是西伯利亚雪雁颈项的绒毛，缝在京都匠人纺织的丝绸里面，轻轻一掀，被子就像浮云一样飘了起来。

"可以用更少的绒毛，香港的冬天冷起来并不厉害，您人高，定做成更轻、更薄、更大的被单吧！"

价钱是令人咋舌的，抚摸了良久，还是放下。后来又去心斋桥数次，每回都路过"西川"，到店里头看看，买不成，川端照样当你是朋友："要买其他什么东西吗？找不到的话问我好了，到底，我在这里卖东西，卖了几十年。"

慢慢看，还看到不少好东西，用秘鲁的国宝 vicuna 手织的被，问川端说："那不是专卖给意大利的 Loro Piana 的吗？"

"只配给我们两家，Loro Piana 和西川可以拿到货。"川端解释。

人生很大部分时间花在睡眠上，我也不吝啬了。一次，大手笔地定做了那张绒毛被，果然，正如川端所说，再冷的天气，盖了也会冒汗。

尊重客人

过了不久，川端带了小礼物跑来香港看我，我问他说："香港人，有多少个买了你们的东西？"

"只有您一位。"

"一个人公司也让你来？"

"我向公司报告过，老板说这是一个好的开始。"

之后，他来香港的次数愈来愈多，我也常到大阪，每逢吃水蜜桃的季节都会前往一次。川端也不会来问我几时到，直接和我的秘书联络上，我抵达大阪酒店时，川端总会笑着等待。没时间的话，见一见面也好，他说。

"你在这一行多少年了？"

"四十年，二十几岁当学徒，从来没换过工作，我还是赞成学徒制的。当学徒学到的第一件事，就是尊重客人。当然，有眼光、有品位的客人，更值得尊重。"高帽又一顶顶免费奉送，教我如何不为这种叫"大阪商人"的人物折服？是的，我们的交往将会是一生一世的。

「在东京买房子住」

"现在东京的房价那么便宜，日元的汇率又那么低，你们会考虑去那里买一间房住住吗？"几个人在一起聊天，谈到这个问题。

"如果有几百亿身家，在什么地方买房子住都行，但我不会在东京买。"我说，"第一，没有那么多剩余的钱。第二，每次住上十天半个月的话，我还是住酒店。"

"买房子也是一种投资呀，万一房价涨呢？"有人说。

"万一跌呢？"我反问，"拿这个钱，要住多好的套房都行。"

　　"打个比方，比方你决定在东京长住，你会住哪一个区？"

　　我说："我的话，会住月岛区。"

　　"月岛？在哪里？"

　　"月岛就在筑地附近，离银座也不远。"

　　"为什么选月岛？"

　　"那里还一直保留着二十世纪六十年代的古风，有很多木造的建筑，对我来说是一种怀旧。而且买菜也方便，走几步路就是'筑地市场'。那一带又有很多很地道的日本菜餐厅。"

　　"是呀。"友人赞同，"天天吃日本菜，不然自己买回来煮，真是乐事。"

　　"不过到日本去玩玩可以，要长住我是不会的。日本并不是一个很适合长住的地方，一切都要自己动手，年轻时还行，在我这个年纪就不适宜了。"

　　"可以请家政助理呀。"友人太太从不会做家务，她想得也简单。

　　"日本人从来不请用人的，就算是公司大老板，家里的事也得亲自动手。"我说，"像你什么都要靠人的，一定住不惯。不过话说回来，日本的灰尘没中国香港的那么多，清洁起来倒不是难事。"

　　"那就买吧。"

"也不是那么简单。垃圾分类就很头痛，什么可以燃烧的、不可以燃烧的，大件的、小件的，来收垃圾的日子都不同，而且费用高得很。"

　　"有多贵？"

　　"一间普通的住房，有水费、电费、煤气费，还有看电视也得收费，NHK（日本放送协会）会向你收费，加起来，一个月也要十几万日元。"

　　"哇！"

　　"交通费更贵。就算挤火车、地铁，也不便宜，更别说搭出租车了，一上车就得上百块港币。日本人很少搭出租车的，除非是过了凌晨十二点，没有公共交通工具。"

　　"但是我喜欢吃日本东西，在那里买了房子，可以天天吃，那多好！"

　　"日本菜其实说起来是很单调的，生鱼片、天妇罗、鳗鱼饭、锄烧、铁板烧、咖喱饭、拉面等，吃来吃去就是那几样，也会吃厌的。"

　　"吃厌了去吃西餐呀，东京的西餐厅有很多是米其林星级餐厅，中华料理店也不少呀。"

　　"对，都是贵得要命，而且很难订到位的；就算能给你天天光顾，到某个程度也会厌。偶尔去日本住上一两个星期是可以的，一连住几个月，你就会发觉受不了。"

　　"说得也是。"友人点头。

"但是，东京除了吃，还有很多文化活动，如果我长住下来，可以仔细去看，我是不会厌的。"

"比方说呢？"

"比方上野公园，附近就有日本国立西洋美术馆、东京都美术馆、上野森美术馆、日本国立科学博物馆等等，花上几天都走不完。日本国立西洋美术馆的收藏很精博，罗丹的古铜雕像群比什么地方的都多。看完了上野，可以去根津公园。我最初到东京，是我父亲带我去那里的，那里很少人知道。根津公园不但庭院漂亮，而且那里的根津美术馆里还有很多中国的字画，非常难得。其他地区值得去的还有现代美术馆，偏门的美术馆有东京都写真美术馆、浮世绘太田博物馆、文化服装学院服饰博物馆、印刷博物馆、烟草与盐博物馆、目黑寄生虫馆等等，半年都走不完。"

"这些我没有兴趣，我只喜欢吃的。"

"那么去台东区好了，那里可以找到专门吃土鳅或马肉的老店，都是上百年的。另外有一条叫'河童街'的，专门卖餐具，从餐刀到服务员的制服，从各种设计的菜单到食物的蜡样办①，无奇不有。仔细看，一点一点买，要开一家餐厅，什么都齐全。"

① 办，粤语，货样。

"东京那么好玩，还是买一间房来住吧。"

"只是吃和玩的话，我还是不赞成的，因为怎么吃怎么玩，都有生厌的一天。要在日本住下，必得认识日文，会讲日语，懂得欣赏他们的文化，不然，一切枉然。你们买的房子，总有一天会卖掉，而且是亏本地卖掉，何必呢？租个短期合约的房子，住一两个月试试看，还是想买的话，到时再决定吧。"我说。

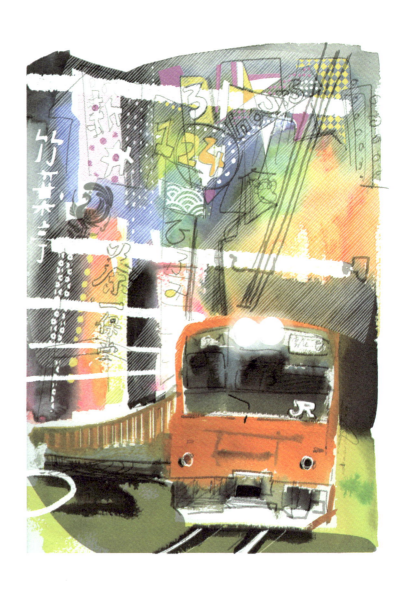

「东京二十四小时」

去见新井一二三

我写的东西，角川书店已经说好要出日文版，只是由哪一个人翻译，一直没有决定。虽然我心中有数，但尊重出版社编辑的意见。

我的人选叫新井一二三。新井，日语念 arai，而"一二三"不是 ichi ni san，读成 hifumi。最初接触到她的文字是读《九十年代》那本杂志，惊叹一个日本人可以把中文运用得那么好。

一二三这名字可男可女，经介绍，才知道是位女青年。她当年是《亚洲周刊》杂志的特派员，我们认识后交谈甚欢。我们时而用普通话、时而用日语交谈，像电视上的两声道。我还一直推荐她为金庸的作品当翻译，但没谈成。

多年来一直读她的散文，在各地的书店买了她的著作。香港回归后她回到日本了，间中她用中文写了几十本书，我看到了必买回来读。我们的友情好像没有间断过。

这次去东京，就是为了见她，因为出版社终于决定把我的书交给她翻译。手头上没有她的电话，但飞去了再说。抵埗[①]后先和编辑刈部谦一见了面，由他去打听。

①抵埗，粤语，到达。

利用空档，我去买茶。近来除了普洱之外，重新喝上玉露，而我最初喝的是京都"一保堂"的产品，这一品牌在东京车站附近也有分店，就赶了过去。

玉露也分等级，最好的叫"天下第一"。店里也设饮茶处，用个铁瓶煮水，木勺盛出。玉露不能用滚水冲泡，得经另一种茶器放凉。冲出来的茶，与其说是茶，不如叫汤，味道真的像汤一样浓厚，非常非常地好喝。我的习惯，是用冷水浸泡，又是另一番滋味。

一保堂

⊙ **地址：** 东京千代田区丸之内 3-1-1

☎ **电话：** +81-3-6212-0202

半岛酒店客满，转而在帝国酒店下榻。这家酒店我已经有十多年没住过。走进去，一些客务经理还认得我，虽然新酒店林立，但是"帝国"这位老太太还是那么优雅。上楼的电梯两排就是八部，有美女专员招呼，她们的记忆力特强，虽不像曼谷"文华东方"的那样会叫出新客的名字，但是见过几次面后，你要上楼时，她已偷偷地替你按上。

　　房间一点也不陈旧，还是那么宽敞，设备齐全，但是记得要住旧馆，新馆小得像Dai-Ichi Hotel（第一酒店），不推荐。

　　新井一二三还没联络上，开始有点焦急，但焦急也没用，还是吃东西去。当今中国香港什么日本料理都有，尤其是寿司，比日本的更新鲜。此话怎么说？日本的店一星期进货两至三次，香港的从东京、北海道、九州等地进货，除了星期日那边休息之外，食材每天都空运而来。

　　但是，在中国，尤其是香港做不好的，是鳗鱼饭，下单之后才慢慢烤出来的细活儿，香港这种有着高租金和极速的生活节奏的地方是接受不来的。所以到了日本，一定得吃鳗鱼饭。

　　本来想去"野田岩"的，但不一定有位，还是将就在银座附近找吧。"竹叶亭"是我从前常去的，银座大街上有一家，但已被中国人占领，要排长龙。我喜欢去的是竹叶亭的老店，躲在小巷中的一栋日式建筑里，甚有古风，而且房间可以订位。我们两人去，几乎把所有店里卖的东西都叫齐，吃个过瘾。

竹叶亭

◎ **地址：** 东京都中央区银座 8-14-7

☎ **电话：** +81-3-3542-0789

坐电车去碰面

终于找到新井了，但她走不开。我说只有今天有空了，你在哪里我去哪里，见个三十分钟就够。这一讲可厉害了，新井住的国立市，位置虽在东京都，但在边上，远也。

刚好是下班时段，刘部说塞车塞得厉害，还是坐电车去吧。我已经好久没坐电车了，也好。天下着大雨，到东京之后没有间断过，车站有盖，电车就电车吧。国立站在中央线，我们从东京站出发，就算是快速的，也要坐上差不多一小时。

打着伞，去了一家她习惯去的咖啡店，一见面，两人拥抱，她样子还是没有怎么变。

"已经二十年了，"她说，"我回到东京才生的两个小孩，大的已经念大学，小的也快了。"

是的，已经二十年，香港回归后她就没来过香港，虽然还时常去内地演讲。当今她拥有许多读者，所写的关于日本的书都很有深度，不像我的那些书那么游戏。

"你要我怎么翻译？"她问。

我说："随你，要改的地方就改，完全不必一字字地照着原著。我对那些要求忠于原著的作家有点反感，我要求的，是我故事上的轻松和感觉。一共有三十本书，全部交给你处理。"

"怎么选？"

"我已经把自己喜欢的做上记号，你也不必按照那些去翻译，以日本读者的眼光去选好了，但要选有趣的。书，只有好看和不好看的分别。你认为不好看的，全删。"

新井点头。

轻松

再次拥抱，回程不坐电车了，直接乘的士回到"帝国"，不塞车，也很快就到，一共两万多日元。

事情办完，我翌日一早就返港，准备去北京办书法展。精神上，轻松了许多。

「老香港都去过的裕华国货」

叶一南连续两期在《饮食男女》写裕华国货公司，勾起了我不少回忆。哪一个"老香港"没去过呢？大家都买过他们的东西，各人皆对裕华国货抱着一份温暖的感情。

五十多年前，当我第一次踏足香港时，家父的友人张莱莱和李香君就带我去了，我选购的是一件蓝色的棉袄。当年，几乎所有男人，都拥有一件，里面还穿着白衬衫，有时还打领带呢。

崂山矿泉水

定居后不断地光顾，买得最多的是崂山矿泉水。当年的粤语广告词句是有淡的，也有咸的，把那咸字读成"汉"，记忆犹新。

为什么会爱上崂山矿泉水？那时酒喝多了，半夜口渴，起身喝水。如果是自来水烧开了放凉，那水是一点味道也没有的，要是喝崂山矿泉水，你会喝出甜味来。那是多么美妙的一种感觉！

玻璃瓶装的水，很小瓶，一下子喝光。我家从此有喝不完的矿泉水，一箱箱地买，只有裕华肯送货。有气的更好喝，没有广告中所说的咸味，但喝进去那股清爽的口感，沙的一声直通到胃，是无比的舒服。淡味的有红色贴纸，有气的是蓝色贴纸，直至现在，我还是两种都喝。

茶盅

喜欢逛的，还有三楼的陶瓷部门，我一直有收藏茶盅（盖碗）的嗜好，见到好的就买。记得当年只花四十块港币就能买到一个民国初年的茶盅，非常之薄，而且绝不烫手。不算是什么古董，日常照用，被家务助理打烂了不少，也不觉可惜，照买照用。当今，这种茶盅，也要卖到至少

四千块一个了。

旗袍

　　二楼的丝绸部门，有位师傅专为客人度身定做旗袍。我对女性的这种衣服情有独钟，做了不少研究，和师傅一聊，成为好友。后来不禁技痒，为任职的邵氏公司监制了一部叫《吉祥赌坊》的电影，当年没有"服装设计"这个名堂，我也不在乎有无名衔，竟然担任了。

　　何莉莉在戏中穿的旗袍和岳华穿的男士长衫，都在裕华度身定做，许多看了电影的观众，尤其是南洋的客人都来购买，为裕华带来不少生意。

剪刀

除了碗，我也很喜欢买剪刀，各种各样的剪刀收藏了不少，张小泉的剪刀当然可以在裕华买到。那时的手柄用幼细的红色藤条捆住，用久了很容易松脱，后来他们改用了塑料，已没有古早味①，无兴趣了。

最锋利的倒是手术用的剪刀，很奇怪，裕华也卖这种工具。我买了不少大把的，用了几十年还不会钝，小把的可用来剪鼻毛，什么德国双立人牌产品都比不上它。你可以去买几把来试，就知道我没说错。

①古早味：闽南语，形容古旧的味道。

食物部

光顾最多的，当然是地下层的食物部了。那时候的上等普洱，一饼四十块，一筒七饼，叫"七子茶"。我买了一筒又一筒，有些储存到今天，已成天价。

食物部中还卖桂花陈酒，才几十块一瓶，一喝惊为天物。那是采用秘方大量制造出来的，又好喝又容易醉人。可能是卖得太便宜，就无人问津。如果现在你去"鹿鸣春"

吃饭，还能喝到。我每每请客都买几瓶，喝时加几块冰，众人都喜欢。

同一层，还能买到东莞米粉，当年是现做现由东莞运到，也只有裕华有这种关系。刚做好的新鲜米粉，香气十足，韧度也恰好。红烧一锅猪脚，再加米粉下去煮汤，是生日时必吃的，可惜当今已没有这种米粉卖了。

更有珍禽异兽，什么金钱龟、野生水鸭（那就是雁子了），不过我倒没什么兴趣。一向认为，不常见的食材，做来做去就那么几种烹法，不像猪羊牛肉那么千变万化。

进入大门看到的，全是药品，强精的多不胜数，觉得中国人对此物的兴趣极大，好像在这方面弱了一点。云南白药是非常有用的，比什么西药都要有效，如被刀割伤，血流不停，撒上云南白药，即止。对药中的那颗红色细细粒的保险丸更是着迷，但好彩②没被子弹穿过，不必服之。

②好彩：粤语，幸亏，幸好。

今天，裕华照样挤满客人，但卖的东西已不限于国货，西洋产品不少。照旧的，是那首广告歌：裕华国货，服务大家……

「苏美璐的苏格兰生活」

　　自写《一乐也》，不知不觉，也有十几年了。所有的插图，都是苏美璐一手绘出，只有一幅，风格不同，是她的夫婿乐山夫的作品。

　　为了今天（二○○四年十二月十六日）在香港中央图书馆举行的《苏美璐暨乐山夫画展》，他们一家三口花了三天工夫才从苏格兰的一个小岛抵达澳门，母女已疲倦不堪。乐山夫睡不着，动了笔，为她们作出那张关系亲密的图像，非常难得。我看了很喜欢，坚持要乐山夫拿出来当插图。艺术家脾气，他无所谓，大家有眼福了。

　　苏美璐在电邮上说将在十二月九日到达，我回复要去接机，结果她静悄悄地自己来到位于澳门的父母家。我即

刻赶去看他们。某周刊的执行编辑要做一篇访问，和摄影师也一起去了，她与苏美璐谈得很投契。我不去打扰她们，在一旁和乐山夫聊天。

"小女儿阿明呢？"我问。

"她和两个亲戚的孩子玩，不带她来了。"

"今年几岁？"

"四岁半了。"乐山夫说，"明年我要送她到一所正式的学校，趁现在这段日子，让她好好地来东方住久一点。如果能学到几句中国话，也是好事。"

"什么叫正式的学校，她现在读的那一所呢？"

"只有十二个学生。"

"岛上一共住了多少人？"

"一千人，但有两万只羊。"

"那也不算小了。"我问，"都是些什么人？"

"渔民、牧民。鱼和羊肉，吃不完，我们吃鱼不必买，岛上的居民都是朋友和亲戚，免费送到。新鲜蔬菜倒是难得，要到对面的另一个大岛才有得供应。"

"离多远？你们常去那个大岛吗？"

"像从澳门到香港那么远吧，起初常去，后来就少了，但是为了蔬菜还是两个星期去一次的。你知道蔬菜对香港人是那么重要的嘛。"

"小岛上连商店都没有吗？"
"一间。像西部片中的杂货店，什么都卖。"

"酒吧呢？"
"一间。客人是相熟的。"

"医生呢？"
"一个。他是我的同学，也是我的好朋友。他出生在当地，问我要不要去那个小岛住，我想也没想就答应了。岛上的人，身体都被他看过，在他面前抬不起头。酒吧里有个泼妇要找他麻烦，他说你也是我接生的，结果那女人乖乖地不敢出声。"

"有没有按照英国法律开到几点？给不给抽烟？"
"店主喜欢怎样就怎样。放假时，客人都焦急地等。"

"有没有造酒厂？"
"那倒没有，不过对面的那个大岛的啤酒酿得天下第一。酒厂才开了四五年，就有那么辉煌的成绩。我正在感叹时，他们说酿私酒，已经酿了好几代人。"

"到星期天，大家是不是都上教堂？也只有一间？"

"不，各个基督教派大家都有自己的小教堂。有的只有十几个教徒，有的百多人，大家都相安无事，不像爱尔兰那么复杂。苏美璐星期天没事做，就到教堂为教友们弹风琴。"

"冬天会不会很冷？"

"Shetland（设得兰群岛）是苏格兰最北部的小岛，冬天当然冷，阳光也只有从早上的九点到下午的两三点，但是夏天就长了，太阳几乎都不下山。从我们的家望去，会看到太阳落下后，很快又在海面升起来。"

"那冬天不是能看到极光？"

"每晚都出现。刚去的时候觉得很新奇，后来头也不抬，望也不望了。"

"阿明能够在那种贴近大自然的环境长大，每天画画，真幸福。"

乐山夫点点头："整个岛的人都喜欢她。我们还没动身，他们已经舍不得她离开。"

访问做完，我让同事们先走，留下来和苏美璐谈谈画展作品的售价。她问我有没有什么建议。

"这样吧，"我说，"小幅的卖一千到一千五，连裱

装的镜框一起。大幅的三千到五千。你们最喜爱的卖一万
到两万。你觉得如何？会不会太便宜？画展的经费由致生
公司和卖画具的 Winsor & Newton（温莎牛顿）赞助，
我们这些工作人员都是义务的。"

　　"照你的意思好了。"苏美璐说，"在画廊开画展也
要被抽一半，价钱提得太高反而没人买，也是枉然，这个
价钱很适中。"

　　看他们被折腾了半天，我即刻告退。苏美璐送我到楼
梯口，问我说："你做那么多事，为的是什么？"

　　我没作声，心中回答："只是送给阿明的一个小小见
面礼。"

何日君再来

「听一吟女士讲丰子恺」

吃素的丰一吟女士

和香港艺术馆馆长司徒元杰先生商量，待丰子恺先生的女儿丰一吟女士来港时，吃些什么好呢？

"她是江浙人，不如到'天香楼'。"我说。

"她吃斋的。"司徒兄说。

这一下子可考到我了。一些著名的斋菜馆都不十分出色，怎么办？最后决定在"帝苑轩"，师傅手艺佳，做起斋菜来也过得去吧。

终于见面，一吟女士紧紧握着我的手："你写爸爸的文章我都看了，约了几次都错过，今天可了了一个愿望。"

一九二九年出生的她，今年已八十四岁，还是充满活力，慈祥的笑容中，可以看到丰子恺先生的影子。这回一吟女士在女儿崔东明和缘缘堂纪念馆馆长吴浩然的陪同下来香港四天。

"我们想了好几个地方请您吃饭，还考虑到一家叫WOODLAND（店名）的印度斋菜馆呢？"我说。

丰女士一听到印度菜，即刻摇头，好在没有决定错。

"每天的生活是怎样的？"我问。

"早上一起身，吃一个苹果，就工作了。苹果最好，但有时也记不得吃过了没有。问姨娘，姨娘说吃过了，才放心。"她笑着说。

还有家政助理照顾，听了也放心。

"什么工作？"

"画画呀，写字呀，来求的人太多了，应付不了。"

"画画也是丰先生教的？"

"不，不，他生前从来没有教过我画画，他去世后我才临摹他的字、他的画。我再努力也只限于模仿，创作是谈不上的。反正已没机会要爸爸的字画，喜欢他的人说能拿到我写的也好。"她谦虚地笑。

一吟女士的丰子恺

"多讲一点丰先生的琐碎事给我们听吧。"

"太多了，从什么地方讲起？"

"比方说他爱吃些什么？"

"鱼呀，虾呀。最爱螃蟹，吃完后把蟹螯拼起来，像一只蝴蝶，挂满墙上。我吃素，爸爸不是，但是四只脚的，像猪呀，牛呀，他都不吃，后来才知道会叫出声的他就不吃，只有吃那些叫不出声的鱼呀，虾呀，真坏。"

说到这里，大家都笑了出来。

"他留学日本时到过的地方，我都去了，像到江元岛吃蝾螺。"我说。

"刚到时，他看到什么什么料理，就不去。他说，料理，我们说料理后事时才用的呀，哈哈哈。"

"您自己的日语呢？"

"学过，都还给人家了。我这个女儿的日语才好，她现在在上海锦江旅游做事，专门负责日本旅客的部分。俄语我也忘了，还会几句英语，像遇到外国人就说 goodbye（再见），原来也用错了。"

这时大家又笑了起来。

"爸爸的外语讲得也不比写得好，日文、英文书他都翻译过，后来有了禁忌，就学俄文。家前面有家书局，出版的丛书中有《四周间》，专教人一个月内学会外语。他买了一本俄文的，三个星期就通了，是有天分的。'文革'期间的收入，也靠翻译俄文。"

"酒呢？"

"他可厉害了，一喝就是五斤，只喝绍兴黄酒。有一次他喝多了，摇摇摆摆地走回家，经过山路，一边是悬崖，他慌得拼命地靠山走，也不算是什么大醉。"

"烟呢？"

"一抽就忘记弹烟灰，有一次烟灰掉到酒杯里面，家人都说倒掉算了，他说不要紧，酒是可以消毒的。还有一次，抽烟抽得把我女儿的衣服烧了一个洞，那件衣服是我做的，好心痛。爸爸用颜料在洞的周围画上一朵花，好漂亮，我们都喜欢。窗户玻璃也照画，裂开了的来一枝梅花，可惜都没留下。"

"老人家一共留下多少画呢？"

"目前能找到的画有四千五百多幅，书法有二千多。"

"还有很多是藏家收着的。我们这次办的展览只是抛砖引玉，希望下回有更多人拿出来。"司徒馆长说。

"不知道丰先生画一幅画需要多少时间呢？"翌日在座谈会中，有人提出这问题。

"心中有了，不会很久吧。"吴浩然先生代答。

但我知道丰先生作画时态度也相当严谨。展览的真迹中，还能看到用木炭打稿的痕迹，是印刷品中难以发现的。不过一吟女士很风趣，她也说："漫画、漫画，不慢吧，很快的。"

听者又说："到缘缘堂的小卖部去买丰阿姨的书，售货员说有签名的要加十块钱，太没道理了。"

一吟女士听了站起来宣布："我答应大家，有生之年，所有签名书，都不加价！"

得到哄堂大笑。

结束前，她又谈起一件往事：丰先生回到家乡，很多人都来讨画，他都免费赠送。家人劝道，还是小心点好，不知道对方是好人还是坏人。丰先生听完说："爱我的画的人，都是好人。"

「和查先生金庸吃饭」

我们最尊敬的大师查良镛先生八十岁了，胃口还是那么好，真不容易。但是对食物，他只吃固定的那几种，不像我那样什么都尝试。

"我和蔡澜有很多同好，吃则完全相反。"查先生曾经那么说。

查先生的饮食

查先生大方，曾经邀请我欧游数次。有一回在伦敦，我建议到黎巴嫩菜馆，吃生羊肉，以及各类香料用得很重的菜。查先生微笑地陪伴着，坐在露天茶座。天气热，他额上流汗，不举筷也不作声，当时我见到了真是不好意思。从此一块吃饭，不敢造次，永远是由他决定吃些什么。

查先生为江浙人，当然最爱吃江浙菜。广东菜也能接受，但只点大路的，像蒸鱼、炸子鸡等。北方人的酸辣汤，他也喜欢。

粤菜馆来来去去是那几家，港岛香格里拉酒店的，或者国际金融中心的，吃惯了较为安逸。

至于日本料理，会来金枪鱼腩、两块海胆寿司、一大碗牛肉稻庭面，铁板烧也经常光顾。

说到牛肉，这可是查先生的至爱，西餐店的一大块牛排，他吃得不亦乐乎。

每回，都是查先生埋单，有时我争着付，总会给查太太骂。总过意不去，但有一次，倪匡兄说："你比查先生有钱吗？"

问得我哑口无言，只好接受他们的好意。

查太太一直照顾着查先生的饮食。他年纪大了，医生不让吃太甜，可甜的刚好是查先生最喜欢的。我有次和他们吃饭，买了数瓶意大利 Moscato d'Asti（莫斯卡托阿斯蒂）甜葡萄汽酒孝敬他。查先生喝了对味，查太太也允许，就不再喝我们从前都喜欢的单麦威士忌了。记得当年一起吃饭，都爱叫一杯威士忌，查先生只在中间加一块冰，白兰地倒是少喝的。这点与倪匡兄又不一样，倪匡兄只喝白兰地，不懂得威士忌的乐趣。

席上，倪匡兄总是坐在查先生一旁，他们两位江浙人叽里咕噜，他们记性又好，连《三国演义》《水浒传》里人物的家丁的名字都叫得出来。

常客之中有张敏仪，她也最崇拜查先生，每次相见都上前拥抱他老人家一番，才得罢休。也知道查先生最吃得惯江浙菜，常在上海总会宴客。那里的菜已不用猪油，但火筒翅是这酒家创出的，香浓，查先生喜欢。查太太与我则注重环保，不尝此味。

熏蛋也做得好。查先生喜爱的是八宝饭，煎过的最佳，一定多吞几口。也不是所有的上海菜都合老人家胃口，曾经到过一家老字号，做出来的都走了味，查先生发了脾气，从此我们就不敢建议到那家店去吃了。

也有一回来了几个内地的名厨，表演做淮扬菜，大家吃过之后你看我我看你。最后查太太带我们转到那酒店的咖啡室，叫了几客海南鸡饭，查先生吃了才笑了出来。

每到一处，总有酒店经理或闻风而至的书迷，带着金庸小说来请查先生签名，老人家也来者不拒。兴之所至，还问来者之名，用来题上两句诗。这种即兴的智慧，更令大家佩服到极点。

　　"天香楼"还算是最信得过的杭州菜馆，查先生的进餐地点大多集中在他居住的港岛，不太过海来吃。但"天香楼"是例外，每次去，都叫外号"小宁波"的老伙计过来点菜，查先生如数家珍：马兰头、鸭舌、酱鸭为前菜，接着是烟熏黄鱼或熏田鸡腿、炸鳝背、咸肉煨菜、龙井虾仁、西湖醋鱼、东坡肉、富贵鸡、云吞鸭汤。

　　等上菜时来杯真正的龙井，嗑白瓜子，食前上一碟酱萝卜，也极为精彩。这里的绍兴酒一流，查先生就不喝洋酒了。

　　吃得饱饱。最后上的酒酿丸子，里面还加了杭州少有的草莓，色泽诱人；酒糟味浓，可口之极。查先生爱的，都是甜的。

偷吃巧克力

　　到了夏天，查先生最喜欢吃西瓜，我也冒着被查太太责备的风险，从北海道捧了一个特大的，皮是黑色，打开了鲜红，是西瓜之王。查先生也很乖，只吃几小块。

秋天的大闸蟹，当然也吃，他常在家里举行蟹宴，查太太一买就是几大箩。她本人也极为喜欢，但为了给查先生增寿，戒食之，拼命劝人多来几只，自己却不动。查先生其实对大闸蟹也只是浅尝，喝得多的，是那杯加糖的姜茶。

一次刚动过小手术，查先生在家休养，咸的当然是一点也不能碰，每天三餐，只吃不加盐的蒸鱼。在护士悉心的照顾之下，他身体康复得很快。

差不多恢复健康时，照样不准吃甜品，查先生偷偷地把一小条巧克力放进睡衣口袋，不料露出一小截来，给查太太发现了没收。甫入卧室，查先生再从护士的皮包中取出一条，偷偷地笑着吃光。

「他不只是张艾嘉的叔叔」

　　我在每一个大城市都有一个好朋友，他们一定是对这个城市有很深厚的感情，彻底知道这地方的每一个角落、每一点一滴的。在和他们的交谈之中，你要尽情地吸收他们对这个城市的爱，将他们的城市变成你的城市。

　　如果你很幸运的话，去纽约，和张文艺逛街，他会把每一座大厦，甚至每一棵树的历史清清楚楚地讲给你听。古语中的如沐春风，便是这种感觉。

叔侄

张文艺是谁？有些人会说他是张艾嘉的叔叔，而在我眼中，一直认为张文艺的侄女是张艾嘉。他们两人已经是父女关系，这一点张艾嘉为他的新书《一瓢纽约》作的序中，也是那么说的。

那时候我在邵氏，李翰祥找张艾嘉来演贾宝玉，身为知识分子的艾嘉来问我意见，她自认还没有资格。我回答说，当一名演员，任何角色都要争取，任何经验都是可贵的。结果她把戏接了，成绩正如她自己所料的不够理想，但在她的演艺生涯中，这段经历也的确是一个难忘的踏脚石。而张艾嘉回赠给我的礼物，就是把张文艺介绍给了我。

可以走路的都市

张文艺的家，在纽约的百老汇大街一头，从他家走出去就是唐人街，再远一点可以步行到富尔顿鱼市场。纽约是一个可以走路的都市，我们两人不停地走。

"在这里拍了 *Ghostbusters*（《捉鬼敢死队》）。"他说。数不清的大厦，说不完的电影名称，我感到异常地熟悉，电影中的情景，不断地重叠。

累了，停下来喝一杯。张文艺最喜欢喝威士忌，偶尔也爱伏特加。他带我到大中央蚝吧，我们一碟碟的生蚝吃个不停，一杯杯的伏特加干个不停。他又说纽约人喝伏特加，依照俄罗斯人的传统，把整瓶酒冻在冰格中，淋上水，让酒瓶包上一层厚冰，再倒出来的酒，像糖浆一般浓稠。

有时，我们干脆不出门，在他家客厅天南地北地聊天，他太太也常好奇地说："文艺的外地朋友极多，来到纽约总是四处跑，从来没有一个像你一样喜欢留在客厅里的。"

张文艺的客厅，这么多年来，集中了无数的文人骚客，包括费明杰、林怀民等，我们共同的好友丁雄泉先生住纽约时也是他家常客，后来的内地艺术家、画家也没有一个不去过。

记得有一天，天寒地冻，我早上散步到唐人街，买了七八只大龙虾和一堆大芥菜。龙虾壳烧爆，肉做刺身，头、脚和大芥菜、豆腐一起熬汤，是丰富的一餐。

"9·11事件"之后，我便发誓不再去美国，包括我心爱的纽约，因为过海关时的那种把游客当成恐怖分子的态度，我是受不了的，也不必去受。

张文艺反而来香港的次数多了，每隔一两年，他总会来东方走走。虽然纽约是他半个世纪以上的第二故乡，但东方的友人和食物，甚至情怀是他忘不了的。

适宜散步的都市

他每次来，我都带他散步，香港也是个适宜散步的都市，如果你懂得怎么走。我们从中环走到西环，每一条街、每一栋建筑也都有名堂。他感叹汇丰大厦的设计，他欣赏旧中国银行的建筑。当我们乘渡轮过海时，我向他指出，前面是一个曼哈顿，你回头时，又有一个曼哈顿。

来香港，他最喜欢的还是泡澡堂子。我带他去过油麻地的那家，也去了宝勒巷的澡堂。师傅们用毛巾包成手刀，将身上的老泥都搓掉，这种滋味不是纽约能找得到的。可惜近年来已绝迹。

牛仔裤

说回张文艺的样子，他这几十年来身材保持不变，永远是那么高高瘦瘦，从前还戴一个过时的大框眼镜，最近才换了。

不变的是他那条牛仔裤，没有一天换别的，这是他到了美国之后承袭的传统。在他家的衣柜中看到他的牛仔裤，至少上百条。

"这多半是因为我有幸（或不幸）一生都处在一个历史的夹缝中，我没有做过任何需要穿西装打领带的工作。"

他在书中说过。

出书

前几天张文艺又来香港，问他逗留多久。他说可能要去北京一趟，他写的一本很另类的武侠小说《侠隐》，反响巨大，被姜文看中，姜文买了版权要拍成电影，并要他去北京，一起聊聊对剧本的意见。张文艺说，电影和小说是两个不同的媒体，他全权交给姜文去处理，但如果谈当年的北平，他就可以给一点服装和道具上的资料。

出版《侠隐》的"世纪文景"工作非常认真，《一瓢纽约》也由他们出版。其中的照片由张文艺好友韩湘宁提供，彩色和黑白的都印刷精美，内容更像走进了张文艺的客厅，和他聊着纽约，聊个三天三夜。喜欢纽约的人，必读。

「神田」

　　多年前，我的办公室设于尖东的大厦里面时，我结识了一位长辈，他精通日语，我们成为忘年之交。他开了一家叫"银座"的日本料理店，拜托我帮忙设计餐饮，我也乐意奉命。一天，他说："替我找个日本师傅来客串半年吧。"

　　那时我和日本名厨小山裕之相当稔熟，就打了个电话去。小山拍胸口说："交给我办。"

　　派来的年轻人叫神田裕行，在小山旗下的餐厅学习甚久，二十二岁时已任厨师长，对海外生活和与外国人的沟通更是拿手。我们就开始合作了。

和神田一起去九龙城街市购买食材，他说能在当地找到最新鲜的代替从日本运来的，一点问题也没有。当然主要的食材还是要从北海道、九州岛和东京进货。

　　我们安排好一切，神田就在餐厅中开始表演他的手艺。我一向认为要做一件事就要尽力，于是连招呼客人的工作我也要负责，白天上班，晚上当起餐厅经理来。这也过足我的瘾。我从小就想当一次跑堂的，也想做小贩，这在书展中卖"暴暴茶"也做到了。一杯茶卖两块钱，我收钱收得不亦乐乎。有了神田，"银座"生意滔滔。

　　后来神田功成身退，返回东京，我也很久未与他联络，不知其去向。直至《米其林指南》在二〇〇七年于日本登陆，而第一间得到"三星"的日本料理店，竟然是神田裕行的。

　　当然替这个小朋友高兴，一直想到他店里去吃一顿。但每次到东京都是因为带旅行团，而早年我办的团参加人数至少有四十人，神田的小餐厅是容纳不下的。

　　我的人生有许多阶段，最近是在网上销售自己的产品。愈做愈忙，带旅行团的次数已逐渐减少，但每逢农历新年，一班不想在自己地方过年的老团友一定要我办，否则不知去哪里才好。所以勉为其难，我每年只办一两团，而且每团人数已减到二十人左右。

　　这个农历年，订好九州岛最好的日本旅馆——由布市的"龟之井别庄"，第一团有房间，第二团便订不到了。我把第二团改去东京附近的温泉，又在"脸书"上联络到神田。他也特别安排了一晚：在六点钟坐吧台，八个人吃；另外在八点钟开放他的小房间，给其他人。

　　一起吃不就行了吗？到了后才知道神田"别有用心"。他的餐厅吧台只可以坐八人，包厢另坐八人，那小房间是可以让小孩子坐的。他的吧台，一向不招呼儿童，而我们这一团有大有小。

　　去了元麻布的小巷，我们找到那家餐厅，是在地下室。走下楼梯，走廊尽头挂着块小招牌，是用神田父亲以前开的海鲜料理店用的砧板做的，没有汉字，用日文写着店名。

　　老友重逢，也不必学外国人拥抱了，默默地坐在吧台前，等着他把东西弄给我吃。

　　我们的团友之中有几位是不吃牛肉的，神田以为我们全部不吃，当晚的菜，就全部不用牛肉做，而用日本最名贵的食材：河豚。

　　他不知道我之前已去了大分县，而大分县的臼杵，是吃河豚最有名的地方，连河豚肝也够胆拿出来。传说中，臼杵的水是能解河豚的毒的。

　　既来之则安之，先吃河豚刺身，再来吃河豚白子：用火枪把表皮略烤。若没有吃过大分县的河豚大餐，这些前菜，属最高级。

和一般蘸河豚用的酸酱不同，神田供应的是海盐和干紫菜，另加一点点山葵。河豚刺身蘸这些，又吃出不同的滋味。再下来的鮟鱇之肝，是用木鱼丝熬成的汁煮出来的，别有一番风味，完全符合日本料理不抢风头、不特别突出、清淡中见功力的传统。

接着是汤。吧台后的墙上的空格中均摆满各种名贵的碗碟。这道用虾做成丸子、加萝卜煮的清汤盛在黑色漆碗中，碗盖上画着梅花，视觉上是一种享受。

跟着的是一个大陶盘，烧上了原始又朴素的花卉图案，盘上只放一小块最高级的本鲔。那是日本海中捕捉的金枪鱼，一吃就知味道与印度洋或大西洋中的不同。刺身是仔细地割上花纹，用小刷子涂上酱油的。

咦，为什么有牛肉？一吃，才知是水鸭。肉柔软甜美，那是雁子肉，烤得外层略焦，肉还是粉红的。"你们不吃牛，模仿一块给你们吃。"神田说。

再来一碗汤，这是用蛤肉切片，在高汤中轻轻涮出来的。

最后，神田捧出一个大砂锅，锅中炊着特选的新米，一粒粒站立着，层次分明，一阵阵米香扑鼻。

没有花巧，我吃完拍拍胸口，庆幸神田不因为得到什么"星"而讨好客人，用一些莫名其妙所谓高级的鱼子酱、

①当造：粤语，当季。

鹅肝之类来装饰。这些，三流厨子才会用。神田只选取当天最新鲜、最当造①的传统食材，之前他学到的种种奇形怪状、标新立异的功夫，也一概摒除。这才是大师！

不开分店，是他的坚持。他说开了，自己不在，是不负责任的。如果当天吃得好，不是分店师傅的功劳；吃得差，又怪师傅不到家。这怎么可以？对消费者也不公平。但这不阻碍他到海外献艺，他一出外就把店关掉，带所有员工乘机去旅行。

神田的店从二〇〇八到二〇一七年连续得"米其林三星"。

神田

📍 **地址**：东京港区元麻布 3-6-34

📞 **电话**：3-6-34+813-5786-0150

「曾江和焦姣」

　　我那一辈的电影圈中人，当红的不少，赚得满钵。但他们因不善理财，反而老后生活清寒，甚为孤独。

　　例外的是曾江和焦姣这一对，两人都懂得什么叫"满足"，虽非大富大贵，但过着幸福的日子。

初识

　　曾江是我第一次来中国香港时认识的。我由新加坡飞到香港，买了冬天衣服后才乘船到日本，抵达启德机场时由他来接机。当年他和第一任妻子蓝娣正在拍拖，而蓝娣的姐姐张莱莱又是家父好友，就请她们照顾我一下。

曾江长得是怎么一个样子？大家可由他拍的染发膏广告或粤语残片中看到。那广告没有合同，用了再用，一用几十年，他身边的两个女子已不合时，以特技换了几次，曾江还是曾江。

结婚

最近和他们夫妇一块旅行，时间多了，聊了不少往事。他右边耳朵已不灵光了，左边用了助听器，说如果遇到合不来的人，就干脆关掉，得一个清静。不过遇到我这个老朋友，什么都问，他也不得不回答。

是怎么和焦姣结婚的呢？焦姣人很斯文，也可以说是一位相当保守的女性，其前夫黄宗迅喜骑电单车，不幸在一次车祸中死去，她就一直守寡。曾江和蓝娣离婚后，娶了专栏作家邓拱璧，她沉迷于粤剧，连他们女儿的名字也取为"慕雪"，就是"仰慕白雪仙"之意。两人爱好不同，终于离异。这时，曾江遇上焦姣，开始来往。曾江也爱骑电单车，载上她郊游，焦姣触景伤情想起亡夫，大哭一场，曾江怜香惜玉，从此答应照顾她一生。

他们蜜月在美国度过，租了辆车，从东岸驾到西岸，一面唱着罗大佑的《恋曲一九九〇》。他们结婚至今，已二十多年了。

经验

"那你把余慕莲弄哭了，又是怎么一回事？"我问。

曾江笑道："剧本要求她亲近我，但她介意，我说怕什么，亲就亲吧！结果她哭了出来，不关我事的。"

"又为什么被叫为'躁狂症'呢？"

"戏拍多了，知道有些错误的主张会走冤枉路，我一向有什么说什么，指了出来，没想到年轻人自尊心那么厉害，说我爱骂人，我也没办法呀。"他说。

"经验是钱不能买的。"

"是呀。"曾江说，"你知道的，演员除了演技，还要会找方位。这么一来，演员走到哪里，镜头就可以跟到哪里，才不会有 NG[①]。周润发和我到好莱坞拍戏，把方位记得清清楚楚，导演一个镜头拍下，从不失败。那边的工作人员都惊奇得不得了，他们哪里知道我们都是已经拍过上百部戏的人。"

[①] NG, no good, 不合格，不好。影视摄制中的术语，常用于拍摄一个镜头没有过关时。

保障

"你一早就已加入好莱坞的演员工会，是吗？"

"唔。"他说，"在拍《替身杀手》时已加入。他们那边把电影当成重要的工业，有完善的制度来保障演员。"

"是怎么收费的？"

"看收入，最多可以抽你百分之三十。"

"哗。"

"扣了就不必缴国家的税了，也算便宜呀。今后的账清清楚楚，卖了什么国家的版权，就交多少钱给你，这一点那一点，积少成多，我到现在每个月还有几百美元的收入，保障一生，当成买糖吃，也不少呀。"

"每一个演员都能参加吗？"

"要看你在电影里的戏份，他们会来邀请你参加的。拍'007'那部戏，出入英美都是头等机票，入住五星酒店，要吃什么就吃什么，牛排、龙虾尽尝。到了拍《艺伎回忆录》，福利最好。"

低调的演员

焦姣最初在台湾地区加入电影演员训练班，后来演出多部舞台剧，来了香港加入邵氏后，拍的《独臂刀》大家都有印象。她一直是位低调的演员，人缘很好，许多演员都得到她的照顾，他们至今还与她联络，在海外的一来到香港一定找她。

"由少女演到母亲，是什么心态？"我问。

"为了片酬，什么戏都接，没有什么感想。"她说，"我和萧芳芳同年，在《广岛廿八》那部戏中已演她的妈妈，也没什么好说的，大家只是说我演得好，就够了。"

我和焦姣聊个不停，问我们共同认识的女明星的近况，她都能如数家珍，是一位电影圈历史专家。如果有人要找资料，问她没错。

七老八十

近年来，曾江还不停地工作，焦姣也偶尔演舞台剧。两人生活方式独立，曾江喜欢骑电单车的热忱不减，去年在台湾参加了"环岛老骑士"，驾了哈雷，把台湾走了一圈。

偶尔，他们到九龙城街市买菜，我们相约在三楼的熟食档吃早餐，曾江还是大鱼大肉，焦姣就吃得清淡。饭后，他到木球会去打木球，她打打麻将。

两人有时也为了健康问题吵一吵，但最后曾江还是屈服，他偷偷地向我说："幸亏有她，她的确是位好太太。"

二〇一三年，曾江快要过八十大寿，焦姣也有七十了。七老八十，在别的夫妻身上看得到，但他们两人，永远年轻。

「现实生活中的小王子」

人们都以为现实生活中，并没有童话人物，但我认识过一位王子——邵维锋。

邵维锋的父亲是邵仁枚，和邵逸夫共创了一个电影王国，称他是一位王子，也没说错。

童话世界的王子，是不用做事的，维锋也一样，一切交给他的大哥邵维锦去办理，他过着优哉游哉的生活，出海航行、钓钓鱼、看日落，是他最大的兴趣。

年轻时，他从新加坡被调派到香港邵氏片厂工作。电影圈中有无数的电影女明星，英俊的维锋一米八的身高，瘦瘦削削，当然吸引不少美女。不过王子很害臊，从不和她们交往。

朋友还是有的，像专门负责爆炸的技师、小道具的跑手，还有各个部门的员工。因为他永远是保持着谦逊、亲切的态度，穿着也非常随和，大家都肯和这位小王子结交。

二手汽车

每天，他驾着一辆皇冠牌的二手汽车上班，这辆车就像一匹骏马，出了毛病他亲自修理，但外层油漆剥脱，就让它去了，没想过替它换上新衣，因为他自己过年也没有添过一件。

圈外的友人，有来自新加坡的旧交，他们都是富二代，像皇亲国戚的子女。但小王子从来不和他们去什么舞会和欢宴，只是聊聊小时候的往事，嘻嘻哈哈一场，至深夜，又驾着那辆破车回家。

爱情

父母亲都为了他的婚事着急，我们也曾经为他介绍过不少女朋友，但他都很客气应酬一下，没看中任何一个。

会不会是同性恋呢？当一些八婆开始造谣时，有一位女子出现了，她是演员金锋和沈云的女儿，当过空中小姐，名叫方茵。金锋本姓方，是著名化妆师方圆的儿子。

两人一拍即合，没有什么轰轰烈烈的爱情故事，只是很平淡地生活在一起。

长谈

"王国"内人事有了变动，维锋跟着他的哥哥维锦回到新加坡，当然也带着女友和那辆皇冠旧车。那车本身已不值钱，运费却是一大笔，但无论人家怎样劝告，小王子就是不理，一意孤行。

偶尔，想念起香港的街边小食，王子会来玩上几天，大酒店一概不住，只要求来我家下榻。

"太狭了，没有客房。"我说。

"睡客厅。"小王子背着他的睡袋出现。

我们促膝长谈，直到天明。

"没带女朋友吗？"

"向她告了几天假。"

"你真痴情。"

"不是痴情，是答应过她，要照顾她。"

"为什么不去住大酒店？"

"喜欢和你聊天，因为你有一份真。"小王子说，"我们这些人，有共同的语言。"

不结婚

　　与童话世界不同的是，人间有生老病死。王子的女友方茵，也可以说是终身伴侣了吧，因为王族反对与平民通婚，王子也不和家人争吵，耸耸肩："不结就不结，我们同居。"

　　他就是那么的个性，从不喜欢和别人争吵。我想，这也许是王子特有的气质。

　　家人反对的另一个原因，是方茵生了病。这病很古怪，关节萎缩，渐渐地，她的手指肿大曲起，后来连脚趾也一样。

　　最初只用拐杖帮忙，后来出入都得王子牵扶。

驾车

　　有一年，查先生夫妇和我同游新加坡，我想念这位老友，打电话给他，他高兴地来了，带着方茵和那辆破皇冠。他们两人坐前排，查先生夫妇和我坐车后座。王子有个习惯，那就是驾车时和车后的人谈天，一定要把头转过来，有时还手蹈脚舞，完全不顾其他车辆。我想，这也是为什么他要用辆破车。

我说得轻松，因为我坐他的车次数很多，在清水湾那段弯曲的路上，一点事也没有，但是可把我旁边的查氏夫妇吓坏了。返港后，还时常提起小王子的驾车技术。

结婚

方茵病情加重，已经连路都走不动了。我再见到小王子时，看到他把方茵背在背上，那是终生忘不了的印象。

为了让病人安心，小王子终于和家人大吵一番。我想，这也是他唯一一次和别人翻脸。在二〇一一年三月十一日，他们结婚了。他们在一九七八年认识，至今将近四十年。

波澜

小王子的爱好依旧是出海航行。他有一位叫积克·安诺的法国老朋友，比他大二十多岁，生性乐观豁达，是位老水手。两人特别合得来，因为大家都是小孩子。

平静的生活中起了波澜。几天前，接到他岳母的消息，说小王子的太太过世了，骨灰也将带到波士顿，和父亲合葬。

我想不到什么话安慰他，只发了一个短信："你是一位真正的王子。"

「希邦兄」

我有一位好友，叫曾希邦。他大我十几岁，我一直以"希邦兄"称呼他，听起来像是"帮凶"，有点滑稽。他的英文名译成 Tsang Shih Bong，叫起来像法国小调"*C'est Si Bon*"（《感觉真好》），他也常叫自己 Si Bon-Si Bon，"很好，很好"的意思。

相识

初见希邦兄，是当年他也在我父亲任职的新加坡邵氏公司上班，做的是翻译工作。说到中英文的造诣，希邦兄

何日君再来

是新加坡数一数二的人物。

后来他被报馆请去当副刊编辑。我还在上中学，用了一个笔名，胆粗粗①地投稿。我的数篇散文被选用了，我拿了稿费就到酒吧去作乐。遇到了希邦兄，他惊奇地反应："想不到是你这个小子。"从此来往就更多了。

①胆粗粗，粤语，胆大，有胆量。

感情

一天，他告诉我，他要结婚了，请我去喝喜酒。记得新娘子非常之漂亮，我喝得大醉，上前求吻。

隔了一晚，他太太跑了，后来才知道这是小说中才出现的剧情：她的情人是一个黑社会人物，说不跟他走的话，会杀死希邦兄。当然，那时候他是不知情的，造成的感情伤害，多过失去生命。

从此在夜总会和舞厅中更常碰到他，为了避免谈起此事，我向他聊起其他事。当时我写的影评愈来愈多，有个报刊的电影版，要我去当编辑。我哪知道怎么编？就一直求他教。希邦兄从排版的"一二三"开始细心地指导我。我作为编辑的第一版报刊出现了，与其说是我编的，不如说完全是希邦兄的功劳。

那时候，我又与几个好友搞摄影，见他愁眉不展，劝他一起玩。这一次，玩得兴起，在他的公寓中开了一个黑房，我们一起冲洗菲林，买Hypo（海波）定影液印照片。定影液要保持温度，新加坡天热，只有放进冰柜。他的冰柜不够大，我们各人都贮藏在自己家里的冰箱中，友人的父亲半夜找饮品喝，差点被毒死。

到了出国留学的年代，希邦兄与我的书信不绝。隔了数年，知道他在亲友的安排下相亲，娶了现在的太太，是位贤淑的女士，后来还为他生了两个可爱的女儿。大女儿生下后要取名字，希邦兄一向不从俗，就给她取了一个单名，叫燎，燎原之火的燎，加上姓曾，更有意义。

学问

在他多年的报馆生涯中，他翻译的外文稿，文字简单正确，所取之标题，也字字珠玑，并非当今报纸的水平可以追得上的。

不过，希邦兄嫉恶如仇。当时有个不学无术的总编要改他标题的一个字，闹得希邦兄与他差点大打出手，结果当然是被辞退了。希邦兄想起此事，说那时找不到其他工作，差点饿死。

上苍没有忘记照顾有学问的人，这些年来希邦兄不断地写作，出版了《黑白集》《蓝蝴蝶》《消磨在戏院里》《浪淘沙》等散文集和小说。退休后，又有舞台剧《夕阳无限好》，翻译作品有《和摩利在一起》《古诗英译十九首》《郑板桥家书》《拾荒》等。

书法

希邦兄又对书法有浓厚的兴趣，以他的字迹来看，受颜真卿影响颇深。他说过颜鲁公的《争坐位帖》，是集合了行草楷的大全，为登峰造极之作，如果大家觉得颜体只是招牌字，那就大错特错了。

我四十岁时，有幸拜冯康侯先生为师，知道希邦兄对书法的喜爱，我将向冯老师学到的一点一滴，用毛笔在宣纸上写信向他报告。一方面多一个人讨论，另一方面写了一遍，对书法的认识印象更深了。

宝藏

那么多年来，我一去新加坡，必定和希邦兄促膝长谈。说起我在《明报》和《东方》的副刊上开了专栏，为两家报纸想题材，颇为辛苦。

希邦兄即刻把我从前写给他的信寄了给我，好几大箱，加上家父的书信来往。我得到了两个宝藏，题材滔滔不绝，再也不愁写不出东西来。

晚年

时间一跳，来到希邦兄的晚年，两位女儿婷婷玉立，家庭生活也颇为温暖。以希邦兄的个性，要交朋友不易，虽说也有数位敬佩他学问的人来往，但究竟老了，也有觉得孤寂的时候。

这四五年来，我学会了上微博，每天利用一些本来可能浪费掉的时间，来解答网友们的问题，玩得不亦乐乎，粉丝也不断增加。

我极力推荐希邦兄也上微博，起初他还有点抗拒，后来他说当自己是老舍的《茶馆》中的一名客人，自言自语，试试看吧。

每天，他发表三条微博，讲翻译、谈人生。微博也不全是一般人士参与，其中做学问的颇多，也都渐渐喜爱上希邦兄的文字。他叫我为他在微博上取个名字，我说他就像一位古时代的老师，无所不懂，就叫"老曾私塾"吧。

这几年来，我看他的身体逐渐转差，好像知道时间已不多了，就鼓励他一起去旅行。两老到了槟城，专程去见一位每天和他交谈的网友，聊得高兴。

告别

终于，由她女儿传来的消息，说他在我生日的八月十八号那天逝世。我人在南美，赶不及去拜祭。在前几天，我又在微博上发了一段消息，说我要去新加坡，将代各位喜欢和敬仰他的网友们，在曾希邦先生坟前上一炷香。

相信在天堂的希邦兄，看到那么多人都怀念他，也会微笑一下吧。

笑看生老病死

「生命中不能承受的痛」

五十肩，是肩部的三角肌发炎，令人痛不欲生。这种病通常在五十岁时才患上，故称之。

这种病，十个人之中只有两三名能幸免，其他人总要被骚扰。有时持续三四个月，有时半年，晚上睡觉时会被痛醒，有五六次之多。

没有什么药能医，能挨过这痛苦的日子，自然会好，而且一生只患一次罢了。

我在四十岁时患了五十肩，友人啧啧称奇："你不应该那么快就衰老呀！"

五十岁那年，又来一次，众人说是名副其实。

想不到，六十岁了，第三次被五十肩侵袭。虽然那些笑过我的朋友说，到了这个年纪还有五十肩，证明你这个人还年轻，但我听了一点也不高兴：为什么单单是我，要患三次五十肩？

　　第一回我忍痛忍过去了，第二回痛得死去活来时，有人说西方医学进步，可以在骨头与骨头之间打一支大针进去，注射一大管类固醇，就能止痛。

　　不管听起来有多可怕，打就打吧！预约了日期，第二天一早去打针。友人又恐吓："类固醇打多了，额头的肉会胀出来，像科学怪人。"

　　我才不管，那种痛法像成千上万的毒虫在嚼噬你的骨头，没有痛过的人是不会明白的，打针只是小巫见大巫。

　　最后有一个打麻将的牌友看到我的惨状，解救了我。他是一个退休的厨师，已六十岁了，跟我说："你相信我吗？我可以替你针灸。"

　　三岁小孩说有这种本领，我也要试。给他插了一针，奇迹出现，那天晚上睡得像婴儿那么熟。翌日，取消了打类固醇的预约。

　　太感谢这位朋友了，从此我就不必怕痛楚来作祟。为他开了一个诊所，专医五十肩，生意滔滔，忙不过来。

　　我跟他说："自己身体也要照顾呀！"

一天，忽然听到他倒下来的消息，进了医院，安然而去。

对着他的家人，我也不知道怎么安慰。全怪我不好，我说。

他们也没有责备我，但是我至今还是感到歉意。

失去了这位友人，也失去了医治痛楚的靠山。当今已经第四次患五十肩，不知道怎么办才好。

按摩和推拿是没有用的，只会将肌肉弄得越来越肿。身体部位的发炎，只有针灸才能医治。但并不是每一个名医都能把穴道抓得那么准。

找不到人来医，继续痛，还是不能安眠。生活的质量，降到最低，还是挨了下去。我这才发现，人承受痛苦，可以承受那么久。

前几天和倪匡兄吃饭，他看到我连臂膀都举不起来，问我何事，我一一向他诉苦。

"那么去打类固醇好了。"他建议。

"副作用可不是闹着玩的。"我说。

"我听说一年打个两三针，不会患巨人症的，为什么不试试？"

"你只是听说而已，又没有什么把握。"我抱怨，"万一真的变成科学怪人，可丑死人。"

"说什么也好过痛呀。"他笑着说。

我是全了解他的看法的。倪匡兄年逾七十，已经活着一天是一天，每一天都是额外的收获，负面影响不在他考虑的范围内，一切都看得开。至于痛楚，能怎么避免就怎么避免。

看我没什么反应，他又说："那么，吃止痛药呀。"

"止痛药最多只能顶上两三个小时。"

"不，不。"他说，"有一种可以维持六个小时的。现在的止痛药越来越耐久。"

"但是吃多了也会失去效用。"

"说得一点也不错。"他赞同，"所以要买就要买好几种，这种不行了，吃另一种。当花生吃好了。不会吃死人的。"

好个不会吃死人！这种想法，也只有像倪匡兄那么豁达的人才能拥有。我还是俗人一个，继续痛下去，继续忍下去，不敢把止痛药当花生吃。

今天上太极课的时候，被袁老师看在眼里，他说："如果你每天打打太极，就一定不会生这种病。你最近没勤练吧？"

说得对，我忙着拍电视节目，日夜拍，连写作也差点荒废，还练什么拳呢？

"我替你针灸。"袁老师说。

老师果然也精通穴位，替我刺了几下，果然可以睡得好。一大早起身，想起还有稿没写，交稿截止时间已到，就把这个经验记了下来交差。文章没有组织力，东拉西扯，凑足这篇东西，请各位读者原谅。

「我的针灸经验」

虽说针灸经验，但其实只是针的经验，灸有被烫伤的感觉，至今还是不敢试。因针灸二字念来较顺口，就连用起来。

第一次

第一次被人针灸，是因为患了五十肩，有位打麻将的朋友见我痛苦，就叫我让他试试。我反正翌日就要去医院，让西医从骨头与骨头之间注射类固醇，据说那管针像打牛的那么粗大。也就死马当活马医，请他针了一针。果然，当晚睡得像婴儿，从此对针灸有了信心。

为答谢这位友人，我替他开了一间诊所，又免费宣传，结果有很多病人找上门。我也以为今后有什么痛楚找他就是，安心起来。

正在得意时，接到电话，说他因脑出血入院，我赶去看他时，人已不治。我的靠山消失了。

疗效

原来五十肩是会复发的，之后数次发作，找了几位针灸医生，都医不了，非常懊恼。得到的结论是，并非针灸不灵，而是没有遇到好医师！

一次在日本旅行，肩膀又痛得死去活来，跑去问大堂经理有没有针灸医生介绍。酒店给了我一个电话和地址，赶快乘的士前往。

医师又矮又瘦，但一副给人有信心的表情。我当即请他为我治疗。此君的医术是不留针。所谓不留针，就是扎了一针即刻拔去，再扎第二针。他用的针很细，扎完果然不痛，那晚上也是睡得像宝宝。

为什么中国的针灸师要留针呢？看《大长今》，里面的医师也是不留针的呀。我比较相信不留针的医法，一留了，即刻心想，如果医师忘记了拔其中的一两支，那么穿上衣服时岂不痛死，而且万一断了的针留在体内，麻烦更多。

留针的，有些医师还给你通上电流来刺激穴位，说比较有效。我对这种说法很怀疑，古代针灸师哪知道什么是电呢？

还是那一句话，针灸是有效的，问题在于有没有高手罢了。听金庸先生说，小时候看到一位医师，他行针时病人不必除去衣服，隔着衣服也能对准穴位。可真是了不起，当今何处觅？

但即使有良医，针灸也只能针对某些神经反射性的病症。像心脏病等症，还是找西医照 X 光或核磁共振和搭桥通血管比较妥当吧。别的不知，五十肩之类，针灸一定比找西医高明。

西医也开始研究针灸，他们记不得那些玄虚名词，把人体穴位排成一二三四的号码，结果也治好了很多外国人的五十肩，于是流行起来。

戒烟

穴位的原理，应该是截停痛楚的神经信号，让大脑感觉不到，五十肩可以减少。那么针灸对戒烟也应该有效吧？近来咳个不停，睡眠质量很差，问好友医生，他们都笑着说："不抽烟就好，抽了烟什么药都没有用。"

刚好看到报上有慈善团体，做戒烟的疗程，而且是免费的，即刻报名。

第一次治疗是在身上扎了好多针，通电，最后扎耳朵。针刺下去，有时痛，有时不痛，通电后的感觉，也不好受。医师们有些共同语言，就是永不说痛，时常会问："麻不麻？"

说什么，也不肯提到痛字。

身体穴位，也许和戒烟有关，但读了很多这方面的书，发现真起作用的，还是在耳朵的穴位。年纪一大，正好欺负年轻的医师。我说身体不扎了，扎耳朵吧！

用的是一种日本生产的短针，连在一块圆形的胶布上，大头针那么大，在耳朵的穴位一扎再扎，一次就扎八九针，双耳并行。

疗程一共六次，到了第六次，还没有什么效果。年轻的医师并不懊恼，还问我说要不要试西医的尼古丁贴布治疗法？可以推荐。这一问，我又有了信心，到底对方是为我好的。

归途，又想抽烟，吸了一口，味道并不好，我知道已开始生效。回家即刻再申请多加一个疗程，继续去扎针，果然，吸烟的次数减少了。有没有到完全戒烟的地步？我还不知道，但耐心去治。

新经验

五十肩第四次发作。问年轻医师有没有专治肩周炎的针灸师，他给介绍了一位，报了名，前往。

又是一种新经验。这位医师针的部位不在肩上，而是肚子。在腹部画一个像乌龟的图案，按照穴位针下去。又真出奇，咦，当晚睡得安稳，有点功效。

之前，我试过用粗针来刺，不，不是针，简直是一把小刀，称为"小叶刀"。那位医师用这门手法左扎右扎，痛得我死去活来，结果无效。还有一位神医，说两针就能为我治好，结果毫无效果。

试过了针肚皮，觉得此法甚妙。针时不会感觉痛，因为肚子肥肉厚。

看样子，得继续让这位新医师画"乌龟"去针了。治戒烟的年轻医师说，不只五十肩，这种方法对减肥也有效，听了有点相信。那是干扰食欲的神经，应该信得过。我这数十年来，有人觉得我胖，有人觉得我瘦，但我自己知道，一直保持在七十五公斤，不必去减肥。

团友之中，有很多人一个月花十万八万去减肥。我可以介绍她们去针灸，至少，不必再忍受节食和做运动的痛苦，已经值得，哈哈。

「湿疹经验」

　　大概在十年前吧，有一天发现小腿有一处奇痒。最初是一小粒红斑，后来愈抓愈大。好了，好了，不可以再抓了，否则整条小腿便要作废，心里已经恐慌。

　　白天，痒了也忍下去，绝对不抓，这种痛苦是难当的。为了防止进一步恶化，忍也值得。

　　但是，红斑还是大了起来。为什么？已经忍着不抓了，为什么还是这样？原来，晚上做梦时抓。

皮肤干燥？

别乱来了，去看医生吧！这种症状看什么专科？当然是皮肤科了。

西医诊断，说你最近一定坐飞机坐多了！真是神奇，这一段时间，的确不停地飞。和坐飞机有关系吗？有的，飞机上的干燥度比日常环境要高出几倍来，皮肤一干燥，湿疹就产生了。

顺便问一句，这种中国人所谓的湿疹，英文名字是什么？Eczema! 好像是科幻电影的名字。

怎么医？回答说皮肤干燥，就得涂湿润膏呀！好，好，什么样的膏？有一种叫 Orion（芬兰奥立安）的，含 white soft paraffin（白凡士林）50%、liquid paraffin（液体石蜡）50%，最润滑了。

拼命地涂，拼命地搽，也不知有效无效。

奇痒起来，有没有涂在患处的特效药，很强力的那种？"有，"医生说，"但这种药膏一般都会含有类固醇，愈涂皮肤会愈薄的！"

管它那么多，痒起来就得涂！用中指沾了药膏，往患处搽，搽呀搽。有一天，发现中指沾到水，有一点刺痛，原来中指的皮肤变薄了。

停止，停止。

会不会那药膏不够湿润呢？医生说，有一种最厉害的，我们行内称它"猪油膏"。猪油膏？妙呀，我最喜欢猪油了。

一大罐一大罐，搽完又搽，但一点好转也没有，患处也愈来愈扩张了。

过敏症？

怎么办才好？医生也说不出所以然来。忍了又忍，过了好几年"忍者服部君"[1]的生活。

这不是办法呀，总得另寻名医了。医生换了一个又一个，同样是以猪油膏处理。

听到一位朋友说，我以前也有这种病，绝对不是皮肤干燥那么简单，我介绍你去看另外一个医生吧。医生一看："这是过敏症呀！"

这句话一听，像见到曙光，但怎么医呢？医生在我背上这里一点，那里一点，点了几十处疫苗，看反应，发现了我过敏的东西有几十种，其中一种，竟是马毛！

怪不得，我家那张全球最贵的床，床铺用的都是马毛，

①忍者服部君：日本同名漫画作品的主角，他忍术了得，口头禅是"忍，忍，忍"。

这是最高级的。马毛床垫，才能通风呀！

　　把那张价值不菲的垫子丢掉，也依照医生所嘱咐，戒吃这样，戒吃那样，简直比痕痒更加痛苦。不过，病情还是一天比一天严重了。

　　这位医生很有心，停止处方类固醇药膏，换了一种，可以止痒但不会让皮肤变薄的，坚持涂，但病情没有转好。

浸黑豆水？

　　"还是转看中医吧！"内地友人说。

　　介绍了一位，诊所里面挤满了病人，这下可以信任了吧，不然怎么有那么多人排队？

　　还好，是经过特别安排预约的，不必等那么久，但也得花上整小时。医生一看："浸黑豆水就好！"

　　拿了一大袋药，另有几斤黑豆，回家煮沸稍凉，用来浸脚。

　　"怎么可能呢？"心里嘀咕，但还是照泡。泡了几次后没有特别的反应，心淡了，也就不浸了。

谢天谢地

这么拉拉扯扯，几年又过去。我是一个快乐的人，但这个毛病令我烦躁不安，生活的质量愈来愈低。

最后，想起了来自台湾地区的一个好朋友，很多疑难杂症都被他治好，甚至是后期的癌症，他都有办法。

即刻找上门去，医生替我把了脉，连患处也不必观察，向我说："这种小病，不必我来医。小女儿跟了我多年，由她去应付好了。"

医生的千金看了说："因为有些不好的病毒积在脚部，还是得从浸脚开始医治。"

其他人的话不必听，医生千金的一定要照做，乖乖地每天用热水浸脚，果然，一有恒心，患处没有那么痒了。又看到一则偏方说要用死海的盐来浸，便加了料。医生一听，骂道："用盐无妨，但不必去买那么贵的死海盐。"

患处已有逐渐复原的迹象，但是没有断尾根治。千金又配了一些药物给我，早两匙晚两匙，服后拉肚子拉个不停。又去问，她说："清掉一些毒，是好事。"

吃了一星期后，减成早晚一匙，看患处，已慢慢转好，湿疹逐渐消除，实在是一大奇迹，谢天谢地。要是早来找她，就不必受那么多的痛苦。但回头一想，可能是我吃肉太多，杀生太多，得到的报应吧。

为什么记忆中的事，没做梦时那么清清楚楚？昨晚见到故园，花草树木，一棵棵重现在眼前。

新居

爸爸跟着邵氏兄弟，由中国来到南洋，任中文片发行经理并负责宣传。不像其他同事，他身为文人，不屑于利用职权赚外快，靠薪水养家，两袖清风。

妈妈虽是小学校长，但颇具商业头脑，投资马来西亚的橡胶园赚了一笔，我们才能由大世界游乐场后园的公司宿舍搬出去。

①叻币，马来西亚、
新加坡等国 1826 年
至 1939 年使用的货
币，华人俗称"叻币"。

新居是用叻币①四万块买下的，双亲看中了那个大花
园和两层楼的旧宅，又因为父亲好友许统道先生住在后巷
四条石，于是购下了这座老房子。

地址是人称六条石的实笼岗路中的一条小道，叫
Lowland Road，没有中文名字。父亲称之为"罗兰路"，
门牌四十七号。

花园

打开铁门，停车处至门口有一段路。花园里种满果树，
入口处的那棵红毛丹尤其茂盛，也有杧果树。父亲后来研
究园艺，接枝种了矮种的番石榴，由泰国移植而来，果实
巨大少核，印象最深。

屋子的一旁种竹，父亲常以一张用旧了的玻璃桌面，
压在笋上，看它变种，生得又圆又肥。

园中有个羽毛球场，挂了张残破的网，打羽毛球是我
们几个小孩子至爱的运动。要不是从小喜欢看书，长大了
成为运动健将也不出奇。

屋子

屋子虽分两层，但下层很矮，父亲说这是犹太人的设计，不知从何考证。阳光直透，下起雨来，就要帮奶妈到处关窗。她算过，窗户有六十多扇。

下层当是浮脚楼，摒除瘴气，也是客厅和饭厅、厨房所在。二楼才是我们的卧室，楼梯口摆着一只巨大的纸老虎，是父亲同事——专攻美术设计的友人所赠。他用铁线做一个架，铺了旧报纸，上漆，再画成老虎，像真的一样。家里养了一只松毛犬，冲上去在"老虎"肚子上咬了一口，发现全是纸屑，才作罢。

厨房很大，母亲和奶妈一直不停地做菜。我要学习，总被赶出来。只见里面有一个石磨，手摇的。把米浸过夜，放入石磨孔中，磨出来的湿米粉能做皮，包高丽菜、芥蓝和春笋做粉粿，下一点点的猪肉碎，蒸熟了，哥哥可以一连吃三十个。

待客

到了星期天最热闹，统道叔带了一家老小来做客。父亲一清早就把我们四个小孩叫醒，到花园中，在花瓣中采取露水。用一个小碗，双指在花上一弹，露水便落下，嘻嘻哈哈，也不觉辛苦。

大人来了，在客厅中用榄核烧的炭煮露水，沏上等铁观音，边饮茶边清谈诗词歌赋。我们几个小孩打完球后玩蛇梯游戏，偶尔也拿出黑胶唱片听。此时，我已养成了欣赏外国音乐的爱好，收集了不少进行曲，每次都一一播放。

从进行曲到华尔兹，我都最喜爱了。邻居每天早上都要听《丽的呼声》，而开场的就是"*The Skaters' Waltz*"（《溜冰圆舞曲》），一听就能道出其名。

音乐做伴的思春期

在这里一跳，进入了思春期。父母亲出外旅行时，我们就大闹天宫，在家开舞会。我的工作一向是做饮料，一种叫 Fruit Punch（水果宾治）的果实酒。最容易做了，把橙和苹果切成薄片，加一罐杂果罐头和一枝红色的石榴汁糖浆，下大量的水和冰，最后倒一两瓶红酒进去，胡搅一通，即成。

妹妹、哥哥各邀同学来参加，星期六晚，玩个通宵。音乐也由我当 DJ，当时已有三十三转的唱片了，各式快节奏的，桑巴冧巴[2]，恰恰恰，一阵快舞之后转为缓慢的情歌，是拥抱对方的时候了。

鼓起勇气，请那位印度少女跳舞。那黝黑的皮肤被一

[2] 桑巴冧巴，英文 number 的粤语谐音，意思是号码。

套白色的舞衣包围着，手伸到她腰处，一掌抱住。从来不知女子的腰可以那么细。

想起儿时邂逅的一位流浪艺人的女儿，名叫云霞，在一个炎热的下午，抱我在她怀中睡觉。当时播放的音乐，名叫《当我们年轻的一天》，故特别喜欢此曲。

醒了，不愿梦断，强迫自己再睡。

这时已有固定女友，比我大三岁，也长得瘦长高挑，摸一摸她的胸部，平平无奇。为什么我的女友多是胸部不发达的？除了那位叫云霞的山东女孩，丰满又坚挺。

一生最美好的年代

待父母亲睡着，我就从后花园的一个小门溜出去，夜夜玩到黎明才回来。本以为神不知鬼不觉，但奶妈已把早餐弄好等我去吃。

已经到了出国的时候了。我在日本留学时，父亲来信说已把房子卖掉了，在加东区购入一套新的。也没写原因，后来听妈妈说，后巷三条石有一个公墓，父亲的好友一个个葬在那里，路经时悲从中来。每天上班如此，最后还是决定搬家。

"我不愿意搬。"在梦中大喊，"那是我一生最美好的年代！"

醒来，枕头湿了。

「冷」

这几天香港冷得要命，抱怨吗？前阵子还说到了冬天热死人呢，又不是只有香港冷，就忍一忍吧，过去了就没事的，香港人都习惯了，你看有多少人家里装了暖气设备呢？是的，过去了就没事，人是很会忍的。

避免不了冷，就要娱乐自己

记得当年那个南洋小子，第一次去到东京，住在新宿一家叫"本阵"的旅馆，翌日打开窗，看到一场大雪。

穿着单薄的大衣，走到新宿车站买了一份英文报纸

The Japan Times（《日本时报》），才知道那是三十多年来日本最冷的一天。吃得消吗？忍呀。年轻人留学，一定要吃苦呀，抱着这个心态，什么都忍得了。

跳上电车，不料上了一辆"急行"，小站是不停的，只好又坐回新宿，重新来过。当年的车厢暖气是不足的，冻得人一直在颤抖。

在学校附近，找到一家"不动产"，就是房屋介绍所，看见一间最便宜的，即刻租下。原来，廉租是有代价的，小公寓就在火车道轨的旁边，再接下来的几年，都要忍受火车经过的隆隆巨响。

返回公寓洗刷打扫，第一件事就是买一个煤气炉，小纸箱那么大，记得有块像珊瑚的白色石棉网，燃烧后变红。再去买个水壶，放在炉上，一下子烧滚水喷出蒸汽来。哈哈，还可以预防过度干燥呢。

忙了一个下午，竟然忘记了买棉被和床垫，只好对着那个煤气炉和衣而睡。之前取出毛巾、牙刷洗漱。咦，东西没地方挂呀！就平铺在榻榻米上，糊里糊涂地睡了。

早上一起床，首先看到的就是那条毛巾。哈哈，冻得僵硬，也真好玩，拿了起来当扇子。乞嗤①一下，才知道冷。原来当年的公寓都是木造的，涂上些泥就是墙壁，当然挡不了寒冷。不过，地震导致倒塌的话，也压不死人。

①乞嗤，在粤语中，"打乞嗤"是打喷嚏的意思。

笑看生老病死

什么苦都能吃，再怎么冷都得忍，既然避免不了，就要娱乐自己。走出公寓，对面是一个小公园，一片雪白之中，有一朵黄色的花特别显眼。花实在很大很大，仔细一看，是朵玫瑰。原来玫瑰在雪中还能开花，真佩服它的耐力，比我强，厉害，还那么美！

忍吧，要当苦行僧

说是上学，在那里能念得什么书？整天逃学去看电影，看电影也成为我的工作。一旦看到好的，就和电影公司的海外部接洽，买下版权在东南亚放映。

肚子饿了，看小餐厅外面的蜡制样板，最便宜的荞麦面，什么料都没有，上面只铺了几条很细的海苔，就点这个了。上桌一看，除了面还有一小杯汁，是干捞吧？可如果淋上了，汁就从竹箩流出。看别人怎么吃法，原来是蘸着面条塞进口的，跟着做了。天！原来面是冷的，小食堂也不烧火炉，冷上加冷。忍吧，要当苦行僧。

终于，春天来了。没有雪，但是初春才是最冷的时候。忍吧忍吧，夏天就跟着来了，太阳出来了，就不必再受苦了，就这么告诉自己。

与众不同的脚印

因工作原因，开始接触到从中国香港来日本的摄制队。他们来拍什么？当然是雪景。天！又是雪！什么地方还有雪？长野县的白马高原雪最多。

买长靴，和当地人先去视察外景，脚一踏下去，雪都挤到靴子里，令双脚都湿了，更冷。

当地人背着猎枪，在雪地中看到野兔，轰的一声，兔子飞起。他们冲了上去，即刻把兔皮剥了，露出肉，就那么用刀割下一片，放进口。

可以生吃？当然，他们回答，所有最新鲜的肉，都能生吃，要不要来一口？天寒地冻，肚子已饿扁，当然照吃。咦？没有腥味，也不好吃。已很久没吃肉了，吞了几口，不然不够营养。

外景开拍，大家都忙得团团转，也忘记了严寒。忽然乌云密布，太阳躲到云后，就只好等了。这一等，刺骨的寒风吹来，才是真正的冷。

忍吧，身上可以忍，但是寒冷是由脚下传上来的，只有拼命地踏步，希望能减少冷意，但怎么忍还是忍不了。这时，头上叮的一声，我脑海中出现了个主意。我向灯光师要了一块用来反光的泡沫塑料，又用胶布绑在鞋底。真管用！这样一来，隔绝了冷，还能在雪上留下与众不同的脚印，好玩得很。

"牛"排

旅馆供应的食物中有蜂蛹，一只只的米白色小虫，还会蠕动。敢不敢吃？当然吃，有营养嘛。还有什么？还有蜜蜂，整只的，用酱油和盐煮了，甜甜的，也有点肉味，很能下饭，当然吃。

可是不能不照顾工作人员呀，晚餐虽然有些腌制过的鱼，但代替不了肉呀。我们是吃肉长大，不吃肉不行呀。当然也有日本和牛肉，但那些预算吃得起吗？

有了，当众宣布，今晚有牛排吃，大家欢呼！

一块块，真的大块，香喷喷地煎了出来，还嗞嗞作响，众人狂吞。当然，他们不知道，其实吃的是马肉。马肉在长野县最便宜了，日本人还吃生的呢，说什么吃了不会患花柳。我才不信，但有肉吃，好过没肉吃。

吃完，又去雪中拍戏了，又缩成一团。啊啊，这么冷的天气，会不会被冻死？

服装部的小女孩

挨过长野县的风雪之后，以为可以喘口气了，哪知负责韩国方面的摄制队又来催命。去韩国干什么？当然又是拍雪景呀。而最多雪的，是雪岳山。

早年拍电影，是愈省钱愈好，工作人员的待遇糟糕透顶。正在埋怨时，看那边的韩国人，比我们还要惨，爬上雪山，搬着几十斤重的灯光器材，不吭一声。我也帮手搬运，雪山爬到一半，已不能动弹。帮我拿的，竟是一个女的，属于服装组，瘦瘦的不像有什么气力。

原来她是一位助手，她的姐姐嫁了一个助理导演。老板申相玉看中她姐夫的才华，升他为导演，拍了戏，不卖钱，自杀了。工作组收留他太太管服装，姐姐带了妹妹来帮忙，没有工资的。

到了现场，我的记性不好，但对拍电影有特别的爱好，所以能记得所有工具和器材的位置。武术指导要找假血浆，我一下子就想起来放在河的对岸。性子一急，就湴②水跑过去，拿来往演员身上涂。戏拍得很顺利，但我却倒了下来。

脚已冻僵。

我被送到小旅馆休息，那服装部的小女孩把我的脚抱

② 湴，粤语，涉水。

在她怀里取暖，血液渐渐恢复循环。阳光照入，发现她双颊透红，美艳到极点。这时，已不觉冷。

春天到了，冻疮发作，奇痒无比，只有拼命在皮肤裂痕上撒止痒药，无效。一年又一年，这冻疮没有医好。看着伤口，天气虽然热，但也发起抖来，想到女孩子的柔情，又温暖。

温饱

返港做剪接工作，在瑞兴百货公司买到第一件能够保暖的大衣，皮尔·卡丹的设计，那条粗大的拉链是打横拉的，是件好看的衣服。

这件大衣一直陪着我多年，后来我又去韩国拍雪景，连这件大衣也派不上用场。跑去东大门的衣服市场，找到一件从美军 PX（军人消费合作社，军队商店）偷出来的空军制服，夹棉尼龙布料，连着顶帽子，边缘有兽毛挡雪。也不是什么貂皮，后来才知道是狗毛。这件大衣可真的厉害了，保住了我这条小命，再冷的天气，穿上它，里面再加了一条贴身棉裤，也顶得住。

吃的方面，大雪山之中没有肉食。香港来的工作人员要求吃水果，哪里来的水果？跑去市场，看到一条条的青瓜，可真肥大，一买就是几大箱，抬了回去给大家当水果，也吃得津津有味。

在现场的工作餐是盒饭，大雪之中，哪有什么热饭，但好在生了个火，滚了一大锅汤，把 kimchi（韩国泡菜）和豆腐放进去煮，再淋在饭上，也能温饱。但是我身为监制，不能抢先，都是大家吃过之后，剩下冷的才吞进口。这么多年来，也养成我吃冷东西的习惯，太热的反而不行。

回到日本的小公寓，好友相聚，总是买一大堆肉和蔬菜，在桌上生个火炉来吃火锅，不管什么东西都扔进去就是了，最后那口汤最甜，吃呀吃。天气一冷一定以火锅为主，吃太多反而生厌，之后对火锅一直没有好感。

生活条件转佳，电影的外景摄制队也没像从前那股节省，因为市场已逐渐扩大，制作费也愈来愈充裕，吃住都好。

也够钱买衣服了，到名店去买了一件开司米的大衣，是 Lavin（朗雯）牌子，设计传统，不跟流行。我一直酷爱这件衣服，出席宴会或者到雪地工作，都穿着它。记得有一年去拍《何日君再来》，导演区丁平要求镜头前降雪，我和几名大汉就去摇大树上的积雪，一摇全部掉下，自己变成一个雪人，但穿了这件大衣，也不觉冷。这些日子香港又是史上最冷的几天，再从衣柜取出这件大衣，穿在身上，走到街头，还是合身合时。

再冷，也已经惯了

再次去韩国或日本，已是去旅游，忽然觉得这两个国家已不像从前那么冷了。就算是严冬，下了大雪，也不冷。到外面一件大衣已足够，在室内根本用不着棉衣，到处有暖气，穿得太厚反而全身是汗。

之后去了冰岛，到了阿根廷的冰川，也不觉得冷了，到底是工作和游山玩水的心境不同，或是御寒装备足够，最冷的时候，反而是在香港。

香港人完全忽视暖气，以为忍几天就过去了，一切都要忍、忍、忍。

何必呢？为什么买冷气机时不花多一点钱装个冷暖两用的？为什么洗手间内也没有暖气，一直要忍？

不过，我们这一生，都是在忍、忍、忍中长大的，在忍、忍、忍中终老的。

忍了一下，就过去了。我以为在日本生活的那几年，每一年的冬天都过不了，还不是过了？

我以为在工作的恶劣环境中也忍不了，还不是忍了下来，成长了下来？

又想起丰子恺先生年轻时写的那篇叫《渐》的文章，

一切都是在渐渐中变化，令到③我们不觉得，不觉得年轻，
也不觉得老。

　　再冷，也已经惯了。

③令到，粤语，使，令，使得。

「
猫
样
」

照镜子，这个猫样，是怎么形成的？

人类总爱把自己的最好一面示人，镜中的我，应该是自认为最满意的吧。

但是有没有个标准？各有看法，有些人刻意把自己打扮成这个样子，有些人是别人告诉他要打扮成这个样子。

整容是最没有自信的表现。人家说你的鼻子弯一点更好看，你就把一根塑料插了进去。爱人说你的胸很平，你就拼命填硅胶，到最后总是变成不像人样。

老的象征

少女时那一袭长发，上了年纪便会把它剪掉，已经看不到小时候遇到的长发老人，到底为了什么？

主要是放弃了吸引异性的本能。管你那么多干什么？洗起来方便就是。剪短了头发，还可以省下上美容院那笔钱。

男人相反，能留多少是多少。秃了半边头的老汉，把剩下那几条留得长长的，用来遮盖秃了的部位，最难看。

追根究底，给流行牵着鼻子走，是年轻人的通病。现在大家都有棕头发，你还不去 highlight（挑染）一下吗？

但是勇气到此为止，更年轻的一辈已染成金发，你敢跟随？怕怕，就是老的象征。

做回你自己

在别人都染了棕发时，你还保留黑颜色，代表你有个性，老了也老得很好看。

头发开始稀疏，就剪短吧。到底我们要接受自己的老去。

留胡子的话，最重要的是要不断地修剪，不然剃光更好。

总结起来，干净是无敌的。给别人感觉到一个脏样，自己的心，也龌龊起来。

回去再照镜子，从明天开始，做回你自己，总错不了。

「被忘记的基本」

　　最喜欢的一张照片，黑白色，拍于清末。照片中的两人，一个是长着胡子的老翁，一个是膝头般高的小童，都穿着长袍马褂，两人互相作九十度的鞠躬，面露笑容。

　　这是基本，这是中国人的礼貌。

　　曾几何时，中国人忘了。

　　我们那一辈的人，见到比我们年长的，都以"先生"称呼；遇到比我们年幼的，都叫"兄"。至今我与金庸先生会面，都恭敬地称他"查先生"，他也叫我"蔡澜兄"。我与香港最大的藏画家刘作筹首次见面，他亦称我"蔡澜兄"，我说怎么敢当，他回答："我们这辈人，见到比我们年长的，都以先生称呼；遇到比我们年轻的，都叫兄。"

我是重复他的教导，现在再次提醒年轻人，中国人有过这么一套的礼仪。

在街上遇到年轻人，向我喝道："蔡澜，和我拍一张照片！"

非亲非故，怎么可以呼名道姓？但我相信是他的长辈没有告诉过他礼仪之事，所以也不生气，好言相劝，把这套礼仪告诉他。一般有两种反应，听了尴尬地点头，或者恼羞成怒："拍就拍，不拍就算，啰唆那么多干什么？"

前者听了，对方一生受用；后者不听，永远是低等动物。

一般都以为法国人傲慢，但我在法国小镇散步时，见到的人都向我说早安，我大赞他们很有礼貌，他们说："我不向你打招呼，显得我没有教养而已。"礼貌不止于言论，衣着也有关系。你身在外国，穿得像一个难民，怪不得他们远离你；要是你穿得干干净净的，不必名牌，他们也会看在眼里，以礼待之。

别人对你没有礼貌，是因为你争先恐后不排队；别人看不起你，是因为你在公众场合喧哗，大声打电话。这是自己犯贱，应该遭到白眼。

有时候也必须自我检讨。我一直不喜欢和别人握手，但是我都忍受。每次和那些有手汗的人握手，就不舒服个半天，非即刻跑到洗手间冲水不可。一次又一次，我有了洁癖，不与别人有身体的接触。如果你伸出手，而我只拱手作揖，请你原谅。

找我拍照一点问题也没有，一答应了就走过来。如果将手搭在我肩膀上，这也是老一辈的人认为极度犯忌的事。我年轻时还能强忍，到了这个年纪，唯有直斥。

有礼貌当然好，但过多了，没有必要的，就变成了愚蠢。像我到任何场合，都有人带路，但带路的人太有礼貌了，总让我先走。我哪里知道东南西北，就说你先走吧，对方坚持客气礼让："您先走，您先走。"走什么！实在是笨蛋一个。

大家都以为日本人最懂得礼貌，那是因为整个大环境都在守礼，如果都不互相说早安时，他们也会忘记。我有个朋友娶了一个日本太太，日本太太见到朋友的父亲，连早安也不说。我看在眼里，用日本话大骂这个女人一番。她委屈地说："你们也不说早安呀。"

当今，守礼的国家，还是首推韩国。韩国人一见面就问对方年龄，外国人以为不礼貌，但是要明白他们问岁数，是因为他们要确认一件事：你要是比他们大，他们就会对你恭敬，使用敬语；若是平辈，礼数才能节省。韩国人见你比他们大，敬酒就要把头转过去，不能相对。

餐桌上，吃东西时发出声音，在中国以外的地方，都是极不礼貌的事，当然，吃面时是例外。用手抓东西吃也不礼貌，但是吃有翅膀的，绝对可以用手。

墨守成规的日本人，吃鱼时是不可把骨头吐出来的，所以吃鱼吃得特别细心。万一遇到刺又如何？用张纸巾包起来。

最不能忍受的，是遇到伤风感冒，不断流鼻涕，一直嘶嘶声地吸回鼻去，以为这才是有礼貌。哪知这是听觉污染，听到了极度讨厌。拿张纸巾，大力一擤，不就没事了吗？那多舒服！是的，在西方，擤鼻是可以的。如果还是觉得不礼貌的话，那么跑去洗手间大力擤了再走出来好了。

飞机上，双脚大力顶着前面座位椅背的行为，是极不礼貌的。一人一个的手枕，你不顾他人死活，都霸占来用，这都是没有教养的行为。

通常，遇到这种情形，面斥起来就要吵架，和这些人吵起来，是自己的修养不够。遇到这种情形，向空姐投诉，请她转告好了。

进入洗手间，看到别人把洗脸盆弄脏，我会用纸巾擦干净，不企求下一个使用的人欣赏，只求心安理得就是。一切礼仪，不是做给别人看的。

从小教导很重要，像那张黑白照片里的小童，长大了一定懂得什么是礼貌，什么是互相的尊敬。天下太平。

「造假的最高境界」

多年前，李翰祥拍了一部电影叫《骗术奇谭》。他用镜头叙述这些小故事是很有一手的，活灵活现，当年卖个满钵。其实电影画面，也是虚幻，同属骗术。

比起当年街边的扑克牌骗术，当今的骗术已登峰造极，最大的，是造假。

什么都假，油用地沟油，盐为工业用盐，以普通米冒充新潟米，醋当然不是米做的。根据《广州日报》报道，一家叫海发酱料厂的工厂，藏身于工业区多年，面积为两万平方英尺[1]，每年销假醋四十多万箱、八百多万瓶，仅二〇一一年九、十月份，就有九十余万瓶伪劣的酱油和

[1] 平方英尺，英美制面积单位，1 平方英尺约合 0.0929 平方米。

醋出厂。

住内地的朋友都说，住宅大，工人易请，汽油便宜，就是怕吃出毛病来。

一切浅尝，大人也许可以逃过难关，而且我们的抵抗力较强，亦无事。可怜的是婴儿，喝假奶粉喝出个大头来，才是最大的悲剧。

成本一百二十元的奶粉，冒充名牌可卖四百元。刚抓到的一家，有八个工厂，分布在十二个省三十多个地区，简直是一个大企业，足够条件上市了。

至于做鸡蛋，有人认为是不可能造假的，就算做成，盈利也不多，尤其是蛋壳，很难造假。但为什么会传出假鸡蛋的消息来？原来在示范时用的全是真鸡蛋。他们印刷了小册子教人怎么做，骗的是怀有这个坏主意的人，这已比一般的造假有更高的层次。

当然是心存贪婪，才会上当，但是我们这些小市民并不是为了那一两块钱而去买假的，我们只是防不胜防而已。

手机已不必造假，内地卖的那些手机，有的已很便宜，功能也不错。坏就坏在我们有崇拜名牌的心理。

境界较高的是那部 New iPad，示范时当然是用真的，盒子也印得精美，打开后让客人试机，画面一亮，所有的

icon（图标）一模一样，也就收货了。岂知回到家里一用，才知道怎么按也没有反应。整部机，只是一块幻灯片的屏幕，加上个背景的灯而已。

文物的造假，一向是有些人的拿手好戏。张大千的赝品，当今已是很值钱的，复制张大千的作品也许是为了证实自己的功力，其他造假的只是为了生计，但这样浪费了多少的才华？为什么不光明正大地说明是复制品，做得好的话也可以卖得高价钱。我也常买一些故宫藏品的复制品，欣赏价值还是存在的。

香港早年也有很多假货，做得最成功的是劳力士表，该厂老板带了专家来港鉴定，也分不出真假。那是因为造假的下了重本，把一只表拆开，再打造一个纯金的表壳，里面部件一分为二，真真假假，就看不出了。

这传统到了台湾地区，也做出精美的假表。当年我到南斯拉夫拍戏，也常买去送人，说明是假表，收到的人也觉好玩。不经细看，一点也不会察觉。因为用的不是机械，而是石英，所以一秒秒的跳动很准确，故露出了马脚。购买时，厂家还说永不褪色，有品质保证。为记此事，我写过一篇叫《诚实的假表商人》的文章。

假酒的生意更大。当今你到酒吧喝的威士忌，也多数是假的。我喝过一口，当即吐出来。内地人爱喝白酒，名牌当然假的居多。我开了一瓶，侍者即刻要把玻璃瓶收回去，见我不许，说出钱购买。我喝的普洱茶的包装纸，也能卖到不少钱，但都毁之。到北京去，只喝二锅头，因为便宜得令人不屑造假。不过这次去，友人说再便宜，还是有假货。

红酒更不必说了。不但中国人假，源头的法国人也假。从克罗地亚买大量的劣酒，一车车运到法国，掺了百分之一二的本地酒，贴上法国制作的牌子，就运到中国来卖。

鹅肝也是，匈牙利大量生产，运到法国充当碧丽歌鹅肝。据调查，市面上的鹅肝酱，只有百分之五是法国货，吃到坏的，有股死尸味，让人一生再也不想去碰，损失不少！

别说日本人有信用，当今经济低迷，有很多过期货都重新标签，就算大公司也出现这种情形。不过堂而皇之造假，还是大宗生意，像他们的假蟹柳，做得真像，还能把版权卖给美国人呢。当今这家厂除了蟹柳，还制造人工乌鱼子，一般人是吃不出的。

鱼子酱造假，需要下的功夫太大，造假的不多。冒充的，是廉价品，出自俄罗斯。其实所有鳟鱼中，只有在伊朗生长的最佳，而那边的工匠腌制水平一流，取出鱼子后即刻做。用太多盐的话口味太咸，盐太少的话则会腐烂，而调得味道刚好的，全世界只有那么四五个人会做。

　　说到造假的最高层次，还是假婴儿！一些受传统思想影响过深的中国人，都想有个儿子，自己生不出，到乡村去买。先验身，没有问题，确定不是个女的。女的不值钱。

　　买回家后，替婴儿洗澡，哎呀呀，那条小鸡鸡一下子溶化掉了，原来那是用面粉做的。

　　这个造假境界，应该是最高的吧。

「笑看往生」

《香港剩女飙升，三个女人一个独身》。

报纸上的大标题。

对此我一点兴趣也没有，不嫁嘛，又不会死人。

死是生涯的一个完成

会死人的，是接着报告的"香港人口持续老龄化"。六十五岁以上香港人，将由二〇〇九年约十三个巴仙，增至二〇三九年的二十八个巴仙，四分之一以上的人口是老人。

死亡人数按比例，会增加到每年八万零七百个。

那么多人离去，不关你事吗？那是迟早的事，我们总得走。但是怎么一个走法？没有人敢去提起。中国人，对死的禁忌，是根深蒂固的。

避些什么呢？反正要来，总得准备一下吧，尤其是我们这群被青年人认为是七老八十的。虽然，我们的心境还是比他们年轻。

勇敢面对吧。死，也要死得有尊严；死，也要死得美丽。

轮到你决定吗？有人问。

的确如此，但是，凡事都有计划，现在开始讨论，也是乐事。

首先，对死下一个定义：死不是人生的终结，是生涯的一个完成。

回到家里去死才安乐

我们要怎么在落幕前，向大家鞠个躬退去呢？最好是照着自己的意思去做，需要一点知识和准备。

最有勇气的死，就是视死如归。说到这个归字，当然是回到家里去死才安乐。

但事不如愿。根据一项调查，最后因病死在医院里的人还是占大多数。

为什么要在医院？当然是想延长寿命呀！但是已到了尾声，延来干什么！自己决定什么时候走，不是更好吗？

家人一定反对。反对个鸟！不说粗口都不行，我的命不是你的命，你们有什么权力来反对？

友人牟敦沛说过："我一生做的最后悔的事，就是反对医生替我爸爸终结生命。"

这句话，家人一定要深深反省。

尤其是对患了晚期癌症的人，受那不堪的痛苦折磨，家人还不许医生打麻醉针，说什么会中毒。反正要死了，还怕什么中不中毒？

如果你问十个人，相信有九个是不想在医院死的，但他们还留在医院，也是顾及家人的感受，不想给大家增加麻烦，而绝对不是自己所要的。

我劝这种人不必想太多，要在家里终老就在家里终老，反正这个家是你的家，你想怎么样做，也没人可以反对，还可以省掉他们整天跑到医院来看你。

虽然说医院有种种设施，但那是救命用的，你不想救，最新最贵的仪器又有什么用？

在家静养，请个护士，所花的钱也不会比住病房贵呀。找个相熟的医生，请他替你开止痛药、医疗麻醉品等，教教家人怎么定时服食和打针，也不是什么难事。

但是孤单老人又怎么办？有一条件，就是得花钱。反正钱是带不走的，这个时候不花，等什么时候花？护士还是要请的，这笔钱，要在能赚时存下来。所以说，死，也得准备好，千万不能等。

香港人多数有点储蓄，买些保险留给后人。大家想起老人早走，也可以省下一点，也就让你花吧。

野蛮入侵

在痛苦时，最好能以吗啡镇静。从前，吗啡被认为是怪兽，说什么服了会精神错乱，愈吃愈无助，最后变成不可控制的凶手。

但这都是早期医生的临床实验不够，恐怕有副作用，没有必要时不打针。当今事实已证明，药下得恰当，比吸毒者自己乱服安全得多。

有些人讨厌打针或喝药，也有膏贴的吗啡剂可用。总之，不会愈用身体愈没劲，不必担心。

我最喜欢看的一部电影，名字译得极差，叫《老豆坚过美利坚》（*Les invasions barbares*），其实是一部讲如何面对死亡的片子，得过奥斯卡最佳外语片奖。影片讲的是一个老头得了癌症，离开他多年的儿子来看他，却看到父亲被一群老朋友围着谈笑风生，父亲还拼命吃护士的豆腐。

儿子问老子能做些什么，老子说最好替我找些毒品来服服，儿子被吓呆了。儿子后来才发现父亲是乐天个性，并了解人生最终的路途，完成了父亲的愿望。

这些被一般人认为最野蛮的思想，其实是最先进开明的。片子的原名叫《野蛮入侵》，说的其实就是这群快乐的人。

悲欢交集

最坏的打算，已安排好。万一侥幸能够活到油枯灯灭，那就最为幸福，我母亲就是那样走的。也许，可以像弘一法师一样，回到寺庙，逐渐断食，走前写下"悲欢交集"四字后，一笑归西。

葬礼可以免了，让人一起悲哀，何必呢？死人脸更别化妆给人看，那些钱，死前花掉吧。开一个大派对，请大家吃一顿好的，有什么好话当面听听，才是过瘾。派对完毕，就跟着谢幕好了。

骨灰撒在维多利亚海港，每晚看到灿烂的夜景，更是妙不可言，你说是吗？

蔡澜 Q&A

「影评基础」

小朋友看到有招收学写影评的广告，问我的看法。我从十四五岁开始写影评，有点心得，回答如下。

问： "你一直强调基础，写影评的基础是什么？"

答： "像一个小说家一样，要写小说，就得多看小说。先多看电影，再多看别人写的影评，看得愈多知识愈丰富，这就是基础。"

问："你是怎么打好基础的？"

答："从小爱看电影，对国产片那些一张口就唱歌的感觉不满，喜欢起外国片来。由于念的是华文学校，英语不通，常要问姐姐，觉得不好意思，就苦读起英文来。"

问：“懂得英文，就不必看字幕了？”

答：“到底不是我们的母语，还得靠字幕了解更多。当今有了中英文字幕，就看英文的了，这么一看，能看懂八九成。”

问：“看完了电影，接下来做什么？”

答：“年轻时，把所有导演的名字记下来，然后研究摄影、监制、美术指导等。做成一个数据库，就能拿出来比较和讨论。当今更方便了，上网一查，什么都有。”

问：“有关于写影评的书吗？”

答：“中文的不多，外国的买不完。”

问：“怎么查？”

答：“上网，输入 National Society of Film Critics（美国国家影评人协会奖）就能找到很多。”

问：“哪一本是最好的？”

答：“全得看，看完选一个对你胃口的影评家。所谓对你胃口，就是你觉得他的评论和你的意见一致，很容易地看得下去的。”

问：“你自己呢？”

答：“深奥一点的，我会看 James Agee（詹姆斯·艾吉）。Richard Corliss（理查德·考利斯）很信得过，

Roger Ebert（罗杰·埃伯特）当然好。很多导演也是影评家出身，像法国的特吕弗、戈达尔等。从小说家变影评家的有英国的 Graham Greene（格雷厄姆·格林）。有些影评人还有 App，随时在手机上翻阅，像 *Leonard Maltin's Movie Guide*（《伦纳德·马尔丁电影指南》），能免费下载。"

问："中文的呢？"

答："以前有一位很中肯的，叫石琪，一直在《明报》上发表影评，可惜当今已不动笔了。"

问："他有书吗？"

答："有，《石琪影话集》。"

问："一篇好的影评，内容应该具备些什么？"

答："基本上是先说这部电影讲的是什么，但绝对不可全盘透露，这是死罪。然后批评演员，接下来谈论导演手法，最后是摄影、灯光、美术指导、服装、道具、配乐等，也不能忘记监制。"

问："哗，考虑到那么多，像我这些初入行的怎么写？"

答："一样一样来，能观察到什么写什么。"

问："为什么有些影评，它的每一个字我都认识，但就是看不懂呢？"

答: "往好处想，是你还未达到欣赏的程度；往坏处想，是这些所谓的影评家为了标新立异，故弄玄虚。"

问："但是不少电影，本身也就看不懂。"

答："这也是层次问题。《二〇〇一太空漫游》，很多人第一次看都看不懂，后来每看一次，就多看懂了一些，像一曲交响乐，要听多次才听得出所有乐器的演奏。不过也有些乱来的，早在二十世纪六十年代就有所谓的'前卫电影'，只是导演的自我陶醉，不管观众，这种手法一下子被淘汰。法国在七十年代'新浪潮'时又出现了'意识流'，也是昙花一现。这些故技在九十年代末重现，很多影评人都没看过'新浪潮'，惊为天人，这也是被懂得的人贻笑大方的。"

问: "你不赞成标新立异，语不惊人死不休吗？"

答: "都很短命。"

问: "为什么有些影评人乱吹捧一些作品？"

答: "影评人会发现一些不为人知的作品，这是他们的功劳，但有时也走错路，像法国的著名影评人就把谢利·路易斯捧上天去。事实上，这位谐星怎么看也不是什么天才，平庸得很。"

问："能不能举一个影评人'发掘'良好作品的例子？"

答："可以，像《黄土地》这部片子，最初没人注意，差点被埋没，还是香港的影评人经千辛万苦去找来在香港影展上映的，不能不记一功。"

问："有没有信得过的报纸或杂志的影评？"

答："《时代周刊》《纽约时报》都很优秀，英国的 *Sight & Sound*（《视与听》）永远值得看。掌握多种外语的话，法国的 *Cahiers du Cinema*（《电影手册》）和日本的《キネマ旬報》（《电影旬报》）都是佼佼者。"

问："怎么判断自己写的影评好不好？"

答："知道多少写多少，不受旁人赞许或劣评影响，保持自己主张的，都是好影评。不懂装懂、随波逐流、为赚稿费或拿人家宣传费的，都是坏影评。坏影评就算不被人家指出，在夜阑人静时，扪心自问，影评人会惭愧得抬不起头来。要是还有几分良知的话。"

「微博推销术」

　　我的微博粉丝，是我这些年通过一直回答他们的问题，一个个赚来的。到二〇一七年一月，我已有九百六十八万个粉丝。

　　当然不是所有的问题都理睬，中间难免有些莫名其妙或污言秽语的，就被我召集的一百名"护法"挡住。一般只能通过一个叫"蔡澜知己会"的网站才可进入，我私人的不开放。

　　偶尔，我清闲了，就打开大门，让问题像洪水般涌了进来，但只限几个小时。

　　农历新年之前，我的助理杨翱来电话："蔡先生，如果你在这期间开放微博问答，一定会给'蔡澜的花花世界'网店带来不少的生意，你就勉为其难吧。"

好，我做事向来尽力，包括宣传我的产品，开放就开放。从农历新年前三个星期开始，一直开放到除夕，这一来，一夜之间就有两三千条问题杀到。

问题愈答愈多，愈答愈热，像乒乓球来来去去时，就可以乘机推销产品，发出照片让大家看得流口水，订单就来了。这次农历新年，做了不少买卖。问答中也有些很好玩，举出几条让大家笑笑。

问：　"蔡爷爷，怎么样可以做到煲汤时不放肉却又有肉的香味？"

答：　"放手指。"

问：　"请问吃什么会有助于身高的增长？"

答：　"吃长颈鹿。"

问：　"吃什么可以吃不胖？"

答：　"啃自己的骨头。"

问：　"有没有办法可以练酒量的？"

答：　"先变酒鬼。"

问："长得太胖，怎么办？"

答："当猪杀。"

问："怎么入门古玩鉴定？"

答："先上当。"

问："最近有个鱼类学家说你对三文鱼根本不懂，都是道听途说。"

答："尊重别人不同的声音，但还是把他列入黑名单实在。"

问："你看，我这张猫的照片，喜欢吗？"

答："喵。"

问："为什么每次只会答一句话？"

答："问题太多，生命太短。"

问："如何比较中餐和日本料理？"

答："我是中国人。"

问："如何保持每日愉快的心情？"

答："大吃大喝。"

问："遇到不开心的事，除了吃，还可以做什么？"

答："还是吃。"

问："人生的意义呢？"

答："吃吃喝喝。"

问："找工作很困难，有什么办法？"

答："麦当劳。"

问："没有什么经验，怎么求职？"

答："麦当劳。"

问："很讨厌现在的工作，怎么办？"

答："麦当劳。"

问："为什么每次都答麦当劳呢？"

答："麦当劳是最容易找的工作，只要不嫌低微，肯干就是。"

问："年轻人，对前途迷惘，又没有方向，怎么办？"

答："我父亲的教导：孝顺前辈，爱护比你小的，守时，守诺言，努力工作，把每一件事都做得最好为止。这些，像船上的锚，一个个抛下海，自然稳定，自然有方向，自然不会迷惘。"

问："我还年轻，可以浪费时间吗？"

答："我年轻时就出道，一桌人吃饭，我一定最小。当时，我已想到，总有一天，我一坐下，一定最老。现在想起，像是昨天的事。我真的是最老了。"

问：“依你看二〇一七年房价是涨是跌？”

答：“我知道的话，就去做地产商。”

问：“如果有一天醒来，发现自己变成玛丽莲·梦露，第一句话会问谁，是什么？”

答：“问肯尼迪。是不是你叫人杀我？”

问：“金庸留下几本书，黄霑留下几首曲，倪匡留下几部卫斯理，你剩下什么？”

答：“几篇杂文。”

问：“你吃狗肉吗？”

答：“什么？你叫我吃史努比？”

「最佳话题」

记者问：   "你和好朋友在一块，谈些什么？"
答：   "吃吃喝喝。"

问：   "还有呢？谈不谈八卦丑闻？"
答：   "那些留给八婆们去八卦吧。又不是躲在人家床底下，哪知真假。八婆一聚会，就谈没出现的那几个的坏话，还说我讲了，你千万别告诉人家。这时候你就会想：如果我不出现，她会不会讲我呢？"

问：   "那么美女呢？"
答：   "谈皮包、化妆品、美容医生的，都是无聊，听久生厌，再美也没用。"

问：“谈汽车的呢？”

答：“你谈汽车，别人谈游艇；你谈游艇，别人谈
私人飞机。最后只剩下我的比你的大，比你的贵，互相增
加仇恨，从来没听过他们谈得开心的。"

问：“谈宗教的呢？”

答："有些人，心灵一空虚，就跟一个三流的传教士，
大谈圣经或佛经中的故事，变成了"神棍"，是很恐怖。
这些话题千篇一律，只能骗骗野蛮国家的小孩。"

问："谈政治的呢？"

答："更是讨厌，有些人还瞪着眼睛说瞎话，自甘
作奴才。公民教育就像当年汉人鼓励同胞剃头留辫子，满
洲人根本没有要求你这么做，是奴才们自动请缨的。满洲
人心知肚明，这种小动作赢不了民心，不如'永不加赋'。"

问："这么说，到头来还是吃吃喝喝了？"

答："当然。最厉害的应该是顺德人吧，你到了顺德，
遇到的人都会说自己妈妈包的鱼皮饺有多好吃。"

问："你从什么时候开始就明白了这个道理？"

答："从小，母亲和奶妈谈的都是吃的。"

问："为什么最初干了电影这一行？"

答："最初不懂，以为电影是一个人，经过四十年后，才明白电影是集体创作。而写作呢，有了一支笔和一张稿纸，就可以写出来，那绝对是自己的，所以就从写饮食开始了写作生涯。"

问："写了多久了？"

答："不知不觉，也写了三十多年，变成了所谓的饮食专家。现在街上遇到的人，都问我：有什么好介绍的？"

问："吃，有什么学问？"

答："学问可大了。通过吃，可以看清一个人。从他喜不喜欢吃，就可以看出他热不热爱生命，就可以看出他有没有好奇心，就可以看出他对生命有没有要求。"

问："当今的人，都是注重健康。"

答："肉体上的健康重要，精神上的更重要。吃得好，身心愉快，就健康了。"

问："但还是有人怕胆固醇的。"

答："怕这个，怕那个，精神就不健康了。这也不吃，那也不吃，那么食物已经不是食物了。"

问："不是食物，是什么？"

答："对于他们，是饲料。"

问："你常说把问题简单化，人分好人和坏人两种，爱吃的人就是好人？"

答："当然，他们爱做饭，没有时间去动歪脑筋。"

问："吃能看得出家教吗？"

答："可以。吃的时候发出声音，啧啧啧啧，就出不了殿堂，被外国人暗中耻笑。"

问："吃日本拉面呢？"

答："例外。"

问："左夹右夹又不吃呢？"

答："是个败家子。"

问："大排档东西吃不吃？"

答："从前一起吃大排档的人，当今说地方脏，吃了拉肚子。这些人，已变成另一类人，不能为伍了。当然，若是照顾到老人家和抵抗力弱的小孩子，是能谅解的。"

问："最常被问的问题是什么？"

答："吃过的菜，什么是最好吃的？"

问："你怎么回答？"

答："妈妈做的。这么答，没人反对的。"

问： "经常被人要求介绍餐厅，烦不烦？"

答： "我们又不像律师，要按钟逐分计算顾问费。最同情那些医生朋友，常被打秋风[1]，心理不平衡。我忠告他们：有女人问，叫她们脱光衣服看看，才能作准。"

问： "要你介绍餐厅的人愈来愈多呢？"

答： "我心理也不平衡，最后只能说，你买书吧，皇冠出版的《蔡澜常去食肆一百六十五间》，盛惠[2]港币一百二十八元，哈哈哈哈。"

[1] 打秋风，占人便宜、揩油水。

[2] 盛惠，粤语，用于店铺老板对客人的惠顾表示感谢，即"谢谢光临，请付款"的意思。